선우명수필선 45

고향 하늘

선우명수필선·45

고향 하늘

1판 1쇄 발행　　2021년 4월 10일

지은이　　　　김영중
발행인　　　　이선우
펴낸곳　　　　도서출판 선우미디어

　　　　　　등록 ｜ 1997. 8. 7 제305-2014-000020호
　　　　　　130-100 서울시 동대문구 장한로12길 40, 101동 203호
　　　　　　☎ 2272-3351, 3352 팩스: 2272-5540
　　　　　　sunwoome@hanmail.net
　　　　　　Printed in Korea ⓒ 2021. 김영중

값 7,000원

ISBN 978-89-87771-09-0 (세트)
ISBN 978-89-5658-662-5 04810

선우 명 수필선 45

고향 하늘

| 김영중 수필선 |

선우 sunwoomedia
미디어

머리말

　신축년, 올해는 내게 특별한 의미를 주는 해이다. 내 인생과 문학도 겨울에 있기 때문이다.

　수필선집을 출판하겠다는 출판사의 연락을 받고 내 꿈이 현실화되는 것 같아 기뻤다. 선우명수필선을 읽으면서 나도 이런 선집 하나쯤 갖고 싶다는 꿈이 있었기 때문이다.

　수필을 쓴 지 30년, 6권의 수필집을 냈다. 그동안 문학에 대한 열망도 있었으나 고뇌와 방황 또한 있었다. 선집을 출간하기 위해 오래된 나의 글들을 다시 읽어볼 기회를 가졌다. 40편을 고르는 일은 결코 쉬운 일은 아니었으나, 이민생활 초기의 글들을 선택했다. 언어와 문화권이 다른 나라에 와 살면서 외로움과 그리움을 글을 쓰면서 견디어 내는 위안을 받은 글들이기에 더 애정을 느끼게 된다. 선집에 수록된 글들을 독자들께서 사랑의 눈으로 읽어주신다면 기쁘고 행복하겠다.

　어려운 출판 현실임에도 선집을 정성껏 출간해 준 이선우 대표와 선우미디어 관계자 여러분께 감사한다.

2021년 3월에

김영중

차례

그때, 그 사람들

비밀

　누구에게도 말할 수 없고 말하면 안 되는 일들, 마음속 깊이 박혀 있는 씨앗 같은 것이 비밀이다. 사람들은 세상을 살아오면서 관계 속에서 맺어진 비밀의 약속을 자신만이 간직한 채 가슴에 묻고 살아가기도 하고 또 어떤 이들은 무덤까지 가져가기도 한다.

　입 밖으로 쏟아 놓으면 안 되는 마음의 비밀, 그 비밀이 들어 있는 내 몸은 비밀의 창고이며 밀폐된 정원이기도 하다.

　비밀에는 국가적인 것, 사회적인 것, 개인적인 것들이 있다. 그 어떤 비밀이라도 서로 은밀히 이루어진 것이라면 침묵으로 뿌리를 내려야 하는 약속이다. 침묵으로 인생을 살아간다는 것은 그만큼 무거운 자리에서 가볍지 않은 인생을 살아가는 것이다.

　변하는 것이 인간의 감정이나 마음이기에 영원성은 없다. 비밀을 지키겠다는 맹세나 약속을 철석같이 했다 해도 어떤 상황에 몰렸을 때, 사람들은 그 약속을 깨며 비밀을 폭로해 세상에 뉴스를 만들고 그로 인해 명예가 추락되고 가정이

파괴되는 불행을 초래하는 경우들이 우리가 사는 사회에서는 다반사로 일어난다. 인격과 믿음이 없는 비밀의 약속이라면 애초부터 모래 위에 집을 짓는 것같이 어리석은 일이다.

요즘 사람들은 개인적으로 참 많은 비밀을 갖고 일상생활을 한다. 자신만이 아는 비밀을 기억해야만 시스템 속에 합류할 수 있고 사람들과 대화도 가능하다. 별거 아닌 것 같은 이야기를 실컷 해놓고 이건 비밀이니 절대 말하면 안 된다는 당부를 꼭 빼놓지 않는다.

우리 가족들도 예외는 아니다. 효심의 발로인지는 몰라도 엄마인 내가 몰라야 하는 비밀들이 딸들 사이에 꽤 많고, 자매들끼리 그 비밀 유지 규정도 있는 것 같다. 때론 소외되는 서운한 마음이 들기도 하나 모르는 것이 약이라는 심정으로 서운한 마음을 나 스스로 위로한다. 이런 현상은 개인의 사생활을 보호하고 존중해야 한다는 시대의 흐름의 반영이 아닌가 싶다.

사실, 비밀이 없는 사람이 있겠는가, 장 자크 루소는 어린 시절에 자신의 잘못에 대한 비밀이 동기가 되어 실로 방대한 그의 참회록을 썼다고 한다. 그의 마음의 비밀은 위대한 창조력, 생산의 원동력으로 변한 것이다. 마음에 깊이 맺혀진 비밀은 깊은 상처에서 오는 수가 많다. 즐거운 회상에서가 아니라 깊은 마음의 어두운 상처에서 새로운 생명력으로 탄생되어지기도 하는 것이다.

내게도 내 안에 밀폐된 비밀이 있다. 내가 32년간 적을 두었던 직장은 정부 일을 맡아 하는 대회사로 국가보안을 요하는 기밀 사항의 일들이었다. 그래서인지 FBI요원들이 직원을 가장해 곳곳에 배치되어 있다는 무서운 풍문이 사내에는 늘 돌았고, 사무실 출입도 여간 까다롭지 않았다. 내가 고참이 되었을 때 비밀을 요하는 부서로 옮기게 되었다.

그때 나는 회사에서 요구하는 각서 같은 것을 쓰고 사인까지 했다. 내가 하는 일을 외부 또는 가족에게조차도 발설하지 않는다는 내용이었다. 간혹 지인들이나 가족들이 도대체 당신은 무슨 일을 하느냐고 질문해 오면 아주 곤욕스러웠으나 절대 내 일에 대해서만은 마음의 문을 닫고 함구했다.

은퇴 후, 오랜 세월이 지난 지금도 나는 그 비밀을 철저히 지키고 있다. 땅속까지 나와 함께 가져가야 할 소중한 마음의 비밀이다. 이렇게 인생은 비밀을 안고 사는 것이다.

Mr. George

사람이 노년이 되면 추억 속에 산다는 말이 있는데, 요즘 내가 그렇다. 지난 세월을 회상하며 그때 그렇게 하는 것이 아니었는데 하는 때늦은 후회도 하고 근황이나 안부조차 알 수 없는 잊을 수 없이 고마웠던 사람들을 그리워하며 지낸다.

누구나 살아오면서 만난 사람 중에 잊을 수 없는 사람들이 있다. 많은 사람 중에 내 삶에 큰 영향을 주고 또 하나의 주체로서의 나를 세우는 데 크게 도움을 준 사람들이 있다. 그런 사람 중에는 오랫동안 시간을 함께한 사람도 있었고 잠깐 스쳐 간 사람도 있었다.

내 인생에서 잊을 수 없는 사람 중 한 사람은 이민 초기 시절에 만난 휴즈 항공사(Hughes Aircraft Co)의 인사과장이었던 Mr. George(조지)라는 흑인 남성이다. 거구의 체격을 가진 그는, 동양인인 한국 여성을 사랑한 착하고 선한 순애의 순정파 사나이다.

직장을 찾기 위해 신문을 뒤적이다 휴즈 항공사의 구인광고를 발견했다. 그 회사는 오랜지 카운티에 있었다. 개척 정신으로 1974년 나는 LA를 떠나 Orange County, Costa Mesa라는 도시로 무작정 이사를 했다. 그 당시 오렌지 카운티는 엘에이처럼 복잡하지 않은 안정되고 조용한 도시였다. 한국인은 물론 동양계 사람들조차 만나기 쉽지 않은 도시였고 교통편도 시골 마을처럼 한 시간마다 시내버스가 운행되던 한적한 곳이었다.

구인광고를 본 나는 영어사전 한 권을 들고 New Port Beach 지역에 있는 휴즈 항공사를 찾아갔다. 절실함이 용기가 되어 미지의 세계를 향해 돌진한 행동이었다. 이력서를 제출하고 로비에 앉아 인터뷰를 기다리고 있는데 거구인 흑인 남성이 내 앞으로 다가왔다.

그는 자신을 Mr. George라고 소개하며 따라오라고 했다. 그의 사무실에 들어서는데 George가 갑자기 유창한 한국말로 반갑다고 하면서 편히 앉으라고 하는 것이 아닌가. 어떻게 이런 놀라운 변고가 이 낯선 곳에서, 내 나라말을 그것도 외국인에게 듣는 순간 나는 전기에 감전된 듯 꼼짝할 수 없었다. George는 오랜 친구를 만난 듯 인터뷰를 해야 하는 일은 제쳐놓고 자신의 이야기를 들려주기에 여념이 없었다. 군인 시절 한국 평택에서 한국 애인과 오랜 세월 동거 생활을 했다는 것, 많은 시간이 흘렀지만 한국에서의 행복했던 기억이 아직도 생생하고, 그 추억은 자신의 인생에 한부분이었기에 결코 잊지 못하는 그리움으로 남아 있다는 것, 한국 사람들의 인정은 훈훈했고 한국 음식, 특히 김치 맛은 더욱 잊을 수 없는 그리운 맛이라는 것, 아직도 가슴 안에 옛 애인의 존재가 큰데 지금은 사모의 정을 안고 살고 있다는 것, 한국 여자인 Mrs. Kim 나를 만나니 옛 애인을 보는 듯 기쁘다는 얘기 등등으로 한국을 회상하는 이야기들로 시간은 흘러갔다.

한국말로 소통되는 George와 나는 난생처음 보는 사이인데도 전혀 거리감을 느낄 수 없이 동족 같은 친근감이 들었다. 내 이력서를 잠시 훑어보고 나서 그는 내 주부터 출근하라는 그의 채용 통보를 듣고 회사 문을 나설 때 "하늘이 무너져도 솟아날 구멍이 있다."라는 얘기가 바로 이런 경우임을 실감하며 완벽하게 한국말을 가르쳐준 George의 한국 애인에게 고맙다는 큰절을 하고 싶은 심정이었다.

George와의 만남은 또 다른 내 삶의 시작이 되었다. 문화권이 미국에서의 직장 생활을 하면서 나의 토막영어가 원활하게 소통되지 않았을 때의 고통과 행여 실수라도 하면 어쩌나, 잘해야겠다는 강박관념 때문에 긴장은 더해졌다. 영어가0 더욱 잘되지 않아 매일 매일 실수의 연속인 나에게 George는 시간이 가면 모든 것은 해결된다고 격려를 해주곤 했다. 괴로운 심정을 누군가가 이해해준다고 믿을 때 한결 위안이 되고 용기가 생기는 법이다. George의 통역의 힘으로 나는 신속히 회사 일을 배워 나갔고 내 능력을 최대한으로 발휘하는 데 전력투구했다. 그 시절 내게 있어 그는 문제 발생 시를 대비해 들어둔 보험 같은 존재였다.

첫 급료를 받고 한국마켓에서 산 김치 한 병을 선물하며 고마운 마음을 전했을 뿐, 달리 감사의 마음을 표하지 못했지만 George는 크게 감격했다. 한국의 김치 맛은 세계적인 맛이라고 극찬하며 행복해하는 그의 모습에서 작은 보답으로 George의 마음을 다 산 기분이 들었다.

입사한 후 5년의 세월이 지나 휴즈 항공사는 보잉회사와 합병이 되어 보잉회사로 이름이 바뀌었다. 그때쯤 나는 신임과 인정받는 실력을 갖춘 사원이 되었다. George의 추천으로 토랜스(Torrance)지역의 보잉항공사로 전근이 되면서 George와 작별을 했고, 몇 년 후 George는 은퇴를 하고 그의 고향으로 낙향했다.

살아가면서 은혜로운 경험을 하는 일은 적지 않다. 가까이는, 부모님을 비롯해 친척이나 스승, 친구, 선후배, 혹은 모르는 이의 도움 등 실로 내 생애를 그때그때 이끌어 주고 뒷받침해 준 고마운 사람들이 많다. 나를 미국 주류사회에서 직장인으로 활동하며 성공적인 이민의 삶을 살아낼 수 있도록 결정적인 계기가 되어준 George, 그는 내 평생 잊지 못할 은혜를 입은 고마운 외국인이다.

은혜를 베푸는 자는 그것을 감추고, 은혜를 입은 자는 그것을 남에게 알리라고 한 '세네카'의 말을 명심하는 삶이 되어야 한다고 스스로 다짐하곤 한다.

따뜻한 가슴으로 한국을, 한국 여인을 사랑했던 George와의 만남을 이제 생각하니 하나님께서 '여호와 이레'로 내 인생길을 준비해 주시고 인도해주셨던 만남이었음에 한없이 감사하다.

이제 친절하고 다정했던 George, 만날 수 없고 잊을 수 없기에 그리운 마음으로 그의 여생에 건강과 장수의 축복이 있기만을 기도하는 마음이다.

덩치 여사

　살붙이에서 느낌직한 본능적인 친밀감을 갖게 된다는 건 사람과 사람의 관계에서 어떤 공감대가 형성될 때이다.

　나와 덩치 여사의 경우도 수절한 홀어머니를 배경에 두고 있어 공감대가 형성되었고, 그 공감대에서 소중한 인연으로 발전한 것이 아닌가 싶다.

　덩치 여사를 처음 만난 것은 라일락꽃이 피는 계절, LA 다운타운에 위치한 낡은 고층 건물 안의 바퀴벌레가 득실거리는 위생시설을 갖추지 못한 바느질 공장이란 일터에서였다. 그 시절 나는 가족을 서울에 남겨둔 채 강심장으로 혼자 미국에 건너와서 풀타임, 또는 파트타임으로 일하면서 가족을 기다리던 때이다.

　주말에는 파트타임으로 바느질 공장에서 일했는데 옷감을 다루는 곳이어서 실내 공기는 매우 혼탁했다. 덩치 여사는 신선한 공기가 그리운 작업장에서 청승스럽도록 구성진 목소리로 흘러간 가요를 멋지게 부르면서 열심히 일하고 있었다. 온종일 부르는 덩치 여사의 노래는 아마도 그녀의 고달픈 삶을 견디는 자기 치유법이었을 것이라는 생각이 들었다. 어찌나 노래를 잘 부르는지 진짜 가수가 와서 울고 갈 실력이었다. 8시간을 장정 남자들도 힘들어 못 버틴다는 다림질의 고된 일을 꼬박 서서 온몸을 움직이며 옷을 다리던 덩치 여사는 삶을 소중히 여기는 듯 보였다. 보는 사람은 가슴이 뭉클한 감동과 함께 그녀의 이민의 꿈이 꼭 이루어지기를 바라는 간절한 마음이 들게 했다.

나는 틈이 나면 커피를 뽑아 들고 덩치 여사에게로 가서 그녀의 일손을 쉬게 하고는 이런저런 세상 돌아가는 이야기며, 신변의 얘기들을 나누었고, 눈물로 흘려보낸 그녀의 청춘, 다시 말해서 한 많은 덩치 여사의 과거사, 수절과부의 스토리를 듣는 즐거움에 열중하며 잠깐씩의 휴식을 같이 하곤 했다. 함께 대화하는 시간이 잦아지면서 차츰 우리 두 사람의 정도 깊어져 내가 적을 둔 직장으로 덩치 여사는 직장을 옮겨왔고, 한솥밥을 먹는 식구가 되어 이민 초기의 외로움과 고통을 서로 위로해 가는 가족이 되었다.

사실 덩치 여사의 본명은 '김명신'인데 전통적인 한국 여자의 표준 사이즈를 크게 벗어난 큰 체격과 둥근 보름달을 연상케 하는 얼굴 생김새여서 처음 만나는 사람들은 너나없이 어느 거물급 여성지도자로 생각되는지 공손한 자세를 취하곤 했다. 그만큼 상대를 압도하는, 쉽게 넘볼 수 없는 건장함이 있었다. 그런 그녀에게 나는 덩치로 한몫 단단히 본다고 장난기 섞인 농조로 늘 김 여사를 덩치 여사로 바꿔 부른 것이 결국 주변 사람들에게 덩치 여사로 통하게 되었다.

덩치 여사는 모든 대상을 보수적인 시각으로만 보기에 서구문화에 쉽게 융합될 수 없는 전형적인 한국 토박이, 한국 소식에 정통한 조선 시대의 여인 같은 사람이었다. 사소한 문제 앞에서도 마음에 안 든다 싶으면 대뜸 낯색이 벌겋게 달아오르는 다혈질이었지만 속정 깊은 만큼이나 단순한 면도 함께 있어 어른과 아이를 동시에 느낄 수 있는 분위기도 있었다. 소비보다는 생산에, 삶을 즐기는 쪽보다는 일에 더 비중을 두는 건실한 사고를 지닌 또순이기도 하였다. 세상 살아가는 무기는 우직하고 의리가 강하다는 것, 인정이 넘친다는 것, 그런 이유들로 그녀는 많은 사람에게 사랑을 유감없이 받았다.

그런 덩치 여사에게는 공로훈장처럼 평생 달고 다니는 이야기가 있다.

그 이야기란, 덩치 여사가 살아온 열녀의 길, 한 많은 수절과부의 사연으로 새로운 사람만 만났다 하면 으레 무슨 중대사를 발표하듯이 눈물과 함께 한숨으로 시작되는 당신의 가슴 아픈 팔자 이야기가 나오곤 했다. 가까이 지내는 지인들은 수절과부 스토리를 하도 들어 귀에 딱지가 앉을 정도가 되어 그 수절과부 사연 전체를 줄줄 외울 수 있을 지경까지 갔는데도 덩치 여사는 그래도 성이 안 차는지 국제적으로까지 범위를 넓혀가며 수절과부 스토리를 방송처럼 해대곤 했다.

"You Understand?" "You Understand?"만 연신 찾아

가며 앞뒤 없는 조각 영어 회화 실력으로 손짓 몸짓 다 동원하며 자신의 사연을 적극적으로 표현했다. 외국인 동료들은 애매한 표정이긴 해도 꽤 진지하게 들었다.

그럴 땐 덩치 여사는 자신의 이야기가 잘 전달된다는 자신감에 더욱 침을 튀기며 이야기에 열을 내곤 했지만, 수절과부 사연은 결과적으로 문화의 큰 차이를 가져오곤 했다.

"Mrs. Kim은 건강한 신체를 가진 여자 같은데, 신체에 무슨 장애가 있느냐?"라고 묻는 외국인 동료도 있었다. 그렇지 않다는 대답에 "장애도 없는데 왜 Mrs. Kim은 남자친구 하나 없이 평생을 슬프게 살았느냐는 것이다."라는 'You Understand'의 보람도 없이 태평양만큼이나 큰 문화의 차이가 덩치 여사와 외국 동료들 사이에 있었다.

멈출 줄 모르는 그녀의 수절과부 사연으로 나와 자주 말다툼을 벌어지곤 했지만, 열녀의 통곡 앞에 번번이 내가 져야 했다. 그녀가 좋아하는 짜장면을 대접하는 효도 아닌 효도로 덩치 여사의 기분을 달래주면서 나는 "수절과부 사연은 이제는 전설의 고향이 되어버린 시대가 되었다. 여자의 절개가 미덕으로 먹히지 않은 나라에 와서 살고 있다."라고 말해 주면서 그녀와의 애증이 깊어졌고, 이민의 세월을 함께 살아냈다.

그런데 불청객처럼 찾아온 기후병에 오래 시달리던 덩치 여사는 끝내 이 도시를 떠나 눈이 오는 지역으로 이주했다.

해마다 라일락이 피는 계절이면 가슴 한편에 접어 두었던 덩치 여사에 대한 추억이 새싹처럼 솟아나며 수절과부 사연을 깃발처럼 흔들어야만 했던 그녀의 열매 맺지 못한 빈 생을 중년 여자로 나이 들어가는 이제서야 헤아릴 줄 알게 되었다.

아마도 지금쯤은 덩치 여사도 서구의식을 받아들여 좋은 배우자를 만나 장밋빛 노년을 행복하게 보내고 있다는 새로운 화제에 매달려 이 봄을 지내고 있지 않을까 상상해 보며 그리움을 안고 그녀의 만수무강을 기도한다.

돌아오라 쏘렌토로

유대인의 처세술에 "친구가 없는 사람은 한쪽 팔이 없는 사람과 같다."라는 말이 있다. 또 "친구 없이 사는 일만큼 무서운 사막은 없다." "친구 없이 사는 것은 증인이 없이 죽는 일"라는 말도 있다. 이런 말들은 아마도 인생에 있어 친구가 차지하는 비중의 중요성을 표현하는 말일 것이다.

속이 깊었던 거인 잭(Zac)은 나와는 인종이 다른 인디언이다. 그는 내 책상 옆자리에 큰 바위처럼 앉아서 고리처럼 연결된 일들을 나와 팀을 이루어 오랜 세월 함께 일해 온 직장 동료이다.

내가 그를 처음 만난 건 30년 전 가을, 토랜스 보잉(Torrance Boeing)사로 전근을 와서 책임자의 안내로 한 방에서 일할 사람들과 인사를 나누는 자리에서였다. 그때 자신의 이름을 밝히며 미소를 짓던 잭, 그것이 그와의 첫 만남이었다.

잭은 그때나 지금이나 머리숱이 많지 않은 머리를 길게 길러 말 꼬랑지처럼 하나로 묶고 다녔고, 색깔을 바꾸어 가며 큰 수건 같은 것을 접어 마치 데모하는 운동권처럼 일 년

내내 수건을 이마에 질끈 동여매고 다니는 맹렬 사나이 모습이었다. 그의 피부 빛은 푸릇푸릇한 청동색이 돌고 울퉁불퉁한 투박한 얼굴에는 개기름 같은 것이 얼굴 전면에 번지르르 흐르고 있어 조금은 야성스럽고, 한편 신뢰할 수 없는 사람처럼 보였다. 어쨌거나 전체적인 분위기는 비문화적인 인상을 짙게 풍겨주는 거대한 체격의 사람으로 언제나 혼자 있는 외톨이였다.

이런 선입견 때문이었을까, 처음 그와 일하면서 거리를 두고 사무적인 대화만 나누었다. 직장인의 옷차림에 고정관념을 갖고 있던 나는 직장에 출근한 잭의 방금 넝마를 줍다가 온 사람처럼 단정치 못한 모습이 불쾌했다. 동물을 바라보듯 사람의 층수를 매기는 눈으로 그를 바라보면 잭은 얼른 무슨 감을 잡았는지 당황하는 몸짓으로 자신은 진짜 미국인 Red Man이라고 강조했다. 영화 스크린에서 자기 같은 스타일의 인디언 사람들을 못 보았느냐고 하며 자기는 자신의 고유문화를 사랑한다는 반응을 보이곤 했다.

시간이 모든 것을 해결해 준다는 말이 잭과 나 사이에 통하기 시작했다. 시간의 흐름과 함께 우린 서로의 속마음을 알게 되면서 흐르고 있는 전류처럼 우정이 흐르는 오누이 같은 친구가 되어 갔다.

그는 유순하고 부끄럼을 타는 선하고 순박한 마음이 따뜻한 남자였다. 일을 하다가 내 얼굴빛이 조금 어두워 보이면 무슨 문제가 있는 것을 금방 눈치채고 자기 일을 뒤로 미루고 내 일을 돌봐주는 그런 사람이었다. 그의 부모와 형제는 고향인 애리조나주에 살고, 잭만 캘리포니아주에서 독신 생활을 하며 직장 생활을 하고 있었다. 그는 프라이버시를 침해받고 싶지 않다는 이유로 결혼하지 않은 40이 넘은 노총각이다. 아직 미혼이니 반어른이면서 40이 넘었지만 청년이었다.

고향의 어머니에게 매달 생활비를 챙겨 보내는 미국 사회에서는 찾아보기 힘든 효자이기도 했다. 그에게는 야심가적인 기질은 없지만 주어진 하루를 열심히 살았다. 인생의 목표보다 하루를 사는 과정을 중시하여 하루하루에 충실하면서 후회 없는 삶을 살려고 하였다. 결혼을 군이 의식하지 않는 것은 이러한 삶의 자세와도 관련이 있는 것 같았다. 한국문화, 한국 사람, 한국음식을 좋아하는 그는 내 집의 경조사나 특별절기 연휴에 고향으로 내려가지 않고 혼자 있을 땐으레 우리 집 단골손님으로 초대되어 내 가족들과 함께 어울려 지내곤 했다.

잭과 나의 공통점은 책임감이 강하여 농땡이나 꾀를 부리지도 못하고 소처럼 미련하게 일하는 일 중독증이 있었다. 끝내야 하는 스케줄을 위해 우린 주중, 주말도 없이 타임이란 타임은 다 뛰며 빌딩 안에 늦도록 남아 일을 해내는 날들이 많았다. 그런 날은 잭은 미국의 농담도 가르쳐 주었고, 사내 정보는 물론 사내에서 일어나는 동료들 간의 스캔들을 이야기해 주어서 그 듣는 재미에 피곤함도 잊곤 했다. 때로는 한 순간 말이 완벽하게 되지 않아 쩔쩔매며 안타까워할 때도 잭은 다 알아듣고 있다고, 네 말은 완벽하다고 위로하며 격려해줄 땐 그 따뜻한 마음이 고마워 코끝이 찡하기도 했다. 내 이민의 삶이 고난투성이고 끝없는 인내를 요구했지만 험난한 항해를 같이 해주는 동료가 있어 삶에 큰 위로와 힘이 되었다.

2주 휴가를 마치고 출근을 하니 동료들은 여행이 좋았느냐, 한국의 기후는 어떠했느냐, 사진은 많이 찍었느냐, 무슨 음식을 어떤 레스토랑에서 먹었느냐 등의 인사로 환영의 포옹을 해주었다. 장난을 좋아하는 MR. BILL은 "네가 대통령과 악수하는 뉴스를 보고 놀랐다."라고 해서 모두들 "오! 영－." 하며 한바탕 함께 웃었다.

일을 시작하면서 그에게 어떻게 지냈느냐는 안부를 물으니, 천연스럽게 노래를 하며 일을 했다고만 했다. 영문을 몰라 무슨 기분 좋은 일이 있었느냐고 되물었다. 평소의 버릇대로라면 그는 기분 좋은 일이 있을 때는 그 육중한 궁둥이를 앞뒤로 흔들며 우리 민요의 창 같은 소리, 쿵쿵하는 이상한 소리를 내며 노래하는 버릇이 있기 때문이다. 그는 내 노래를 듣고 돌아온 것이 아니냐는 엉뚱한 말을 했다. 무슨 노래냐고 의아해 쳐다보니 "돌아오라 쏘렌토로, 돌아오라 쏘렌토로…."를 부르며 "네가 돌아와 MAKE MONEY(돈을 버는) 해야 하는 일들을 준비해 놓았다."라면서 열어 보이는 캐비닛 안에는 그의 수고와 시간이 투자된 많은 일들이 열을 지어 나를 기다리고 있었다.

인간에 대한 사랑과 친구의 우정이 단절되어 가는 이 시대에, 따로 또 같이 한 시대를 살아온 동시대인일 뿐만 아니라 민족과 연령을 초월한 국제적인 우정, 그 우정은 내가 따뜻한 삶을 살고 있으며 사막을 홀로 걷고 있지 않다는 것을 느끼게 해주었다.

'돌아오라 쏘렌토로'를 부르며 나를 기다리며 일했던 잭은 아마도 빵과 같이 필요한 친구, 내 인생에 한쪽 팔이 되어주는 내 이민의 삶에 증인되어 줄 영원히 잊을 수 없는 고마운 친구이다.

오해

인생을 살아가노라면 누구나 생활에서, 또 감정에서, 이
해에 있어서 한두 번 혹은 여러 번 피차간에 오해라는 것이
있을 수밖에 없다. 서로 잘 알고 있는 사이일수록 사소한 것
에서 오해를 불러일으킬 수 있는 것이다.

주말인 토요일, 그날은 출근을 했다. 그 날은 선약이 있었
지만, 끝내야 할 일이 남아 있어서 출근한 것이다. 일찍 출
근해서 일을 마치면 그 날 스케줄에 차질이 없을 것 같다는
판단으로 캄캄한 동굴 같은 시간에 일어나 직장에 출근해
일을 시작했다.

너무 일찍 일어나서인지 하품만 연달아 나고 좀처럼 맑은
정신이 들지 않고 커피를 마시고 싶은 생각만이 간절했다.
물론 카페테리아는 주말이라 오픈되지 않았고, 커피머신에
도 커피가 바닥나 있었다. 염불에는 관심이 없고 제삿밥에
만 마음이 있다는 식으로 해야 할 일보다는 진한 커피향을
그리워하며 커피를 마시고 싶은 마음뿐 일이 손에 잡히지
않았다. 동료인 Mr. Gray도 나와 닮은 모습으로 하품만 쩍
쩍 해대고 있다. 마치 하품 경연대회라도 참가한 사람들처

럼 하품만 민망하게 해댔지 해야 할 일에는 능률이 오르지 않았던 것이다.

시간이 흐르며 오전 8시가 되었을 때 쎄큐리티 오피스에서는 빌딩 밖, 파킹장에 런치카가 도착했다는 안내 방송을 해주었다. 방송을 듣는 순간 빨리 나아가 커피를 마시는 것만이 테이프처럼 나를 칭칭 감고 있는 졸음에서 벗어날 것 같은 생각이 들어 막 자리를 뜨려는데 MR. Gray가 자기도 커피를 사러 가니 내 것까지 사다 주겠다는 동료애를 베풀었다.

고맙다는 인사와 $20짜리 지폐를 그에게 건넸다. 하던 일을 제쳐 놓고 브레크(Break) 룸으로 가니 MR. Gray는 보이지 않고 테이블 위에 커피만이 달랑 놓여 있었다. 커피를 마시고 나니 뜨거운 커피는 졸리기만 하던 내 몸의 모든 세포들을 조용히 눈 뜨게 하며 일제히 깨우는 것 같은 기분을 들고 한결 정신이 맑아졌다.

다시 내 자리로 돌아와서 일하다가 '참, 내 잔돈'라는 생각이 들어서 MR. Gray를 바라보았다. 그도 하품을 멈추고 일에 열중하고 있었다. 나는 속으로 '아마 잊어버렸나. 생각나면 돌려주겠지' 했다. 정오가 가까워서 MR. Gray는 일을 끝냈는지 좋은 주말이 되라는 인사를 남기고 회사를 떠났다. MR. Gray는 희고 깨끗한 피부에 파란 눈과 갈색에 곱슬머리였고, 키는 장신이었다. 매사에 자신만만, 여유만만한 엘리트 백인 중년남자로 20년의 긴 세월을 나와 함께 일

하고 있는 직장 동료였다

그가 떠난 후 나는 상당 시간 동안 잔돈 일로 머리가 꽉 차 있었고 왠지 기분이 개운치 않았다. 당연히 돌려주어야 하는데 왜 돌려주지 않았을까? 정직에 대한 실망감이 고스란히 내게 전해 오며 20년 세월의 동료가 한없이 멀게 느껴졌다. 그런가 하면 또 다른 마음에서는 '너, 왜 그리 치사하고 쩨쩨하냐, 잔돈 몇 푼 가지고 어련히 줄 때가 되면 줄 텐데, 왜 그렇게 못 믿는 것인데….' 하는 질책의 말들이 나를 경멸하기도 했다.

새로운 주가 시작되었고 MR. Gray와 나는 지난주와 다름없이 함께 일했지만, 그는 그 잔돈에 대해서는 여전히 말이 없었고 나도 전과 다른 시선으로 그를 바라보곤 했다. 그렇게 며칠이 지난 후, 브레이크 룸에 있는 내 락커(Locker)를 우연히 열었는데 그곳에 그가 남긴 'Yong! your change(영, 네 잔돈)'이라고 쓴 메모와 잔돈이 놓여 있는 것이 아닌가. 나는 전기에 감전된 사람처럼 한순간 꼼짝할 수 없었다. 잔돈 몇 푼을 가지고 필요 이상으로 신경을 소모하며 그를 정직하지 않은 사람으로 오해하고 있었던 것이다. 이 얼마나 무서운 일인가?

세상에서 가장 무서운 악은 내 속에 있었다고 반성하며 MR. Gray에게 진심으로 사과해야 한다고 생각했다. 나는 성미가 급하고 참을성이 부족해 내 행동에 대해 후회스러울 때가 많고 반성할 때도 많다. 내가 내 감정대로 행동하면 반드시 후회감 같은 것이 따르곤 하고, 그런 후회스런 감정들로 해서 부끄럽기 짝이 없을 때도 많다. 아직도 나는 내 감정을 누르고 다스릴 줄을 모르니 한심한 철부지가 아닌가,

미국 사람들은 메모 문화를 사랑한다. 간단한 메모를 남기며 그들의 행방이나 생각, 의견, 전달 사항, 회의장소, 휴가 등을 알린다. 메모 문화는 간접적인 대화여서 사람을 맑고, 밝고, 떳떳하게 한다. MR. Gray의 간접 대화를 이해하지 못해 촌스럽게 오해를 한 것이다.

이 세상을 사는 사람들은 사소한 일에 오해하며 산다. 그래서 사람들은 즐겨 오해를 만들고, 또 그 오해 속에서 살고, 또 그 오해 속에서 버티어야 한다고 말들을 한다. 하지만, 오해라는 것은 인간관계에서 단절을 의미하는 무서운 일로 복잡한 감정을 불러일으킨다. 이러한 감정은 감정 중에서 아주 비극적인 감정이고 분리 시키는 감정이다. 좋았던 사이도 갈라 놓고, 좋았던 관계도 서로 원수의 관계로 돌려놓는 파괴적인 감정이다.

이 시대는 거의 모든 사람은 직장 생활을 비롯하여 다른 사람들과 다양한 관계를 맺고 살아가는 사회생활을 한다. 직장생활 등 사회생활이 유쾌하고 즐겁고 원만하려면 서로 오해가 없어야 한다. 오해가 없기 위해서는 서로 서로 직접적인, 혹은 간접적인 대화가 원활히 이루어져야 한다. 대화는 인간이 아름다운 관계를 맺어서 꽃피게 하는 샘물 같은 것이기 때문이다.

그때, 그 사람들

영화 〈무도회의 수첩〉은 말년에 미망인이 된 여주인공이 처녀 시절 첫 무도회에서 만났던 남성들을 하나하나 찾아간다. 옛날 젊은 날 꿈에 부풀어 있던 청년들이 과연 그들의 꿈을 얼마만큼 이루었으며, 현재 그들의 삶이 어떠한가에 대한 궁금증을 안고 찾아 나서는 주인공을 따라 관객들도 그들의 삶에 지대한 관심을 갖고 보게 되는 영화이다.

무도회의 수첩이 아니더라도 우리는 삶의 노정에서 만나고 헤어졌던 사람들이 지금은 어디서 무엇을 하며 살고 있는지 한 해가 저물어가는 세모에는 그들의 안부가 궁금해지고 한번 만나보고 싶기도 하다.

인생은 만남의 연속이어서 우리는 삶의 여정에서 수없이 많은 사람을 만났다가 헤어지곤 한다. 불가에서는 옷깃 한번 스치는 만남도 전생의 인과라고 부처님은 말씀하셨지만, 사실 그 만남의 인연에는 좋은 만남, 행복한 만남도 있지만, 불행한 만남, 악연도 있고 또 슬픈 인연도 있다. 좋은 만남은 내 인생에 스승이 되어 주고 나를 성장할 수 있도록 내 삶에 중대한 영향을 미쳐주는 인연이고, 악연은 내 인격을 대패질하며 자존심에 고통을 주었던 사람들과의 인연이고, 슬픈 인연은 사랑하지 말아야 할 사람을 사랑한 아름다운 죄를 진 인연일 것이다.

나도 지금까지 살면서 만났던 수많은 사람 중에 모습은 물론 이름조차 까맣게 잊어버린 사람, 기억 속에 존재하지 않은 사람이 있는가 하면, 뼛속까지 각인되어 지워지지 않은 사람도 있고, 만나서 이야기를 나누고 싶은 사람, 또는 먼발치에서나마 그가 사는 모습을 보고 싶은 사람도 있다.

나의 생애에 잊을 수 없는 사람 중에는 이민의 삶을 시작하면서 만났던 직장의 상관인 Larry Toy라는 중국인 3세였다. 그분은 중국말을 할 줄 모르는 중국계 미국인으로 얼굴만은 동양인인 사람이다. 남성 다운 도량과 능력이 뛰어난 상관이었다.

40년 전 당시만 해도 회사 내에는 동양인이 전혀 없었으므로 동양인인 나에 대한 배려가 남달랐다. 이민의 힘든 삶을 그분은 그의 부모님의 삶을 통해서 누구보다 잘 알고 계신 분이었다. "이 나라에서는 기술이 있어야 삶이 안정된다."라고 하면서 특별한 기술을 내게 가르쳐 주었고, 기술학교도 보내주어 성장의 계기가 되었고, 엔지니어라는 직책으로 주류사회에 뿌리를 내릴 수 있는 삶을 살게 해준 분이다.

그러고 보면 내 노년의 삶이 평화로운 것도 다 그분의 후광 덕이다. 그는 은퇴한 후 어찌 사는지 지금은 소식조차 모르는 그리운 분이다. 내가 그분을 만난 것은 내 생애의 큰 행운이었고, 내 인생에 스승이었다고 할 수 있다.

여자 혼자 몸으로 투잡(Two job) 쓰리잡(Three job)을 뛰며 가족을 부양해도 가난을 면할 길이 없다며 상류사회로 진출해 재력 있는 남자를 만나 팔자를 고치기 위해 골프를 배우기 시작했노라는 옆집 바비 엄마는 지금쯤 팔자 고치는 꿈을 이루고 돈 걱정 없이 풍족한 인생을 살고 있는지 늘 궁금하다.

신분 문제로 오도가도 못하는 신세가 되어 가족과 생이별하고 외로움과 그리움을 안고 사시던 잔디 깎던 김씨 아저씨, 해 질 무렵, 어둑어둑 땅거미가 지기 시작하면, 가족이 그리워 미칠 것 같아 바다에 나가 태평양을 바라보며 소리쳐 운다던 그, 지금쯤 그도 가족들과 만나 마음이 따뜻한 이 겨울을 행복하게 지내고 있을까.

내가 만난 사람들은 수없이 많아 다 헤아릴 수가 없다. 돌아보면 좋은 만남이든, 나쁜 악연이든, 만남의 인연은 다 나름대로 소중하고 의미 있는 만남이었고 그 만남을 통해서 배움과 감사함을 더욱 알게 되었다. 만약 내가 알던 사람 중에 이미 이 세상을 떠난 사람이 있다면 찾아가 그 무덤에 꽃 한 송이 놓아주고 싶다.

다시 한번 만나보고 싶은 사람, 그들은 어떤 삶을 경영하며 어떻게 변해 있을까, 궁금하여 알고 싶은 사람이 참으로 많다. 그러나 "옛 애인은 만나지 말라. 그는 낡은 스웨터처

럼 늘어져 있을지도 모른다."라는 이야기가 맞는다면 나는
〈무도회의 수첩〉의 주인공을 따르지 않고 내 가슴 깊숙이
묻어두리라. 시간은 쏜살같이 흘러가며 모든 것을 변화시켰
지만, 내 마음속에 그때 그 사람들은 아직도 내 추억의 갈피
속에 그대로 살아있다.

230빌딩을 떠나며

세상의 모든 일에는 반드시 나설 때가 있고 물러설 때가 있다. 마땅히 물러설 때에 물러서지 않고 그 자리에 연연하여 자리를 탐내고 지키려고 하는 것은 억지요, 무리요, 탐욕이다. 태양도 한낮에는 온 세상을 밝히지만, 저녁에는 서산으로 자신의 몸을 감추며 사라진다. 그처럼 역할을 다하고 중심에서 물러나야 하는 것이 순리이고 생의 지혜라고 세상 사람들은 말을 한다.

이제 나는 마치 고속도로를 달리듯 32년을 한결같이 달려오며 근속한 직장에서 명예로운 퇴임을 하고 자유인이 되었다. 자리를 얻기보다 더 힘든 건 그 자리를 물러나는 일이다. 자리를 얻기 위해서는 전심전력 노력하면 될 수도 있는 일이지만 물러난다는 건 상황을 정확히 파악할 수 있는 현명한 판단력 그리고 대단한 용기가 필요하기 때문이다. 언젠가는 물러가야 할 자리지만 문제는 언제냐는 타이밍이다. 퇴임 연령에 규칙이 있긴 하지만 자신이 원한다면 더 눌러 있을 수 있는 규칙 또한 있기에 결단이 어려운 것도 그래서다.

퇴임을 결정할 때 나는 건강했고 열정적으로 일할 수 있다는 자신도 있었다. 더욱이 물러나야 할 뚜렷한 이유가 있은 것도 아니었다. 다만, 더 나이가 들기 전에 지금과 다른 새로운 일을 시도해 보고 싶었고 새벽잠을 즐기고 싶었다. 은퇴를 회사에 통보했을 때 회사 측에서는 새로운 프로젝트(Project)를 내게 맡기려고 한다고 하며, 나를 필요로 했고 은퇴를 말렸다. 그러나 나는 사의를 굽히지 않았고 머물기를 꺼리는 바람처럼 신속하게 은퇴 절차를 끝냈다.

사실 명예로운 퇴직이란 말이 쉽지, 참으로 어려운 일이다. 강산이 몇 번 바뀌는 세월을 회사에서 근무했다 해도 회사에 일이 줄어 감원 바람이 불기 시작해 감원의 대상이 되면 근속의 햇수는 아무 의미 없는 일이 되고 꼼짝없이 짐 챙겨 들고 미련 없이 회사를 나와야 하기 때문에 명예롭게 퇴임하는 사람은 많지 않다.

은퇴의 고별 파티가 있던 날, 나는 지난날들을 회상하며 만감이 교차했고 또 감사와 이별의 눈물을 흘렸다. 우리는 인류 역사상 가장 풍요로운 시대를 살고 있다. 아울러 직장에서 보내는 시간이 가장 많은 시대를 살고 있기에 현대인들은 직장을 통해 가장 긴 시간을 보낸다.

집보다는 직장이 삶의 주 무대였던 230빌딩, 그 안에서 가족보다 직장 동료들과 더 많은 시간을 보냈다. 230빌딩, 그곳은 600명의 회사 사원들이 함께 일을 하는 일터이다. 그 일터 안에는 은행, 우체국, 카페테리아, 매점, 운동실,

위생실 등이 있어서 근무 시간에 갇혀 있어도 생활에 불편함이 없이 230빌딩 안에서 편리하게 일상의 일들을 해결할 수 있는 일터였다.

나는 전문성을 가지고 긍지와 책임 있게 230빌딩 안에서 오랜 세월 일했다. 공수래공수거라 하지만 그것은 죽을 때 하는 소리이지 산다는 것은 자기실현을 이루기 위해 꾸준히 노력해 가는 과정이다. 꿈을 실현하기 위해 나는 한 주일에 많게는 70~80시간, 적게는 40시간을 230빌딩에 남아 일하며 열정을 태웠다. 휴식을 모르는 근로의 결과는 내 집을 마련하는 큰일에 보탬이 되었고, 자동차 구입은 물론 세 딸들이 학교를 졸업하는 일에도 한몫을 했다. 성실한 근로정신은 아메리카의 꿈을 이루어내는 성취와 보람으로 이어졌다.

남의 나라에 이민 와서 백인들 사회에서 동양인으로 그들과 어울려 직장 생활을 할 때 수없이 많은 외로움과 역경의 고비와 고통의 마디가 있었다. 그러나 내일의 꿈으로 이어지는 힘든 고비는 오히려 힘이 되어주었다. 그 맵고 쓴 모든 고비가 훌륭히 극복함으로써 우레 같은 박수 속에서 공로상을 받으며 직장이란 배에서 영예롭게 하선을 하였다.

이제 와 돌아보니 그 많은 일을 어떻게 감당해 냈을까. 스스로도 놀랍다. 그것은 아마도 생존과 직결된 문제였기에 초인적인 힘이 발휘됐던 것은 아니었을까.

오랜 세월 한 가지 일을 해내는 동안 전문직을 가진 직업

인으로서 품격과 가치를 구현하며 내 개인의 삶뿐만 아니라 인류사회의 한 모퉁이에서 뚜렷하게 공헌했던 것 같다. 내 연약함을 들어 강함으로 바꾸어 주시며 여기까지 인도해 주신 '에벤에셀' 나의 하나님, 그 크신 사랑에 한없는 감사를 드린다.

은퇴라는 것은 또 새로운 삶을 시작하는 첫걸음이며 다른 삶의 기회이다. 이민의 삶을 성공적으로 키울 수 있었던 230빌딩. 또 가족 같았던 동료들, 내 여생에 오래오래 그리움으로 남을 작별을 하며 2006년 2월 28일, 나는 애수의 눈물이 가득한 채 230빌딩을 뒤로 하며 정든 파킹장을 떠나 나왔다.

바다처럼 살고 싶다

가끔은 혼자 있고 싶어질 때가 있다.

홀로 있고 싶을 때 사람들은 저마다 찾아가는 곳이 다 다를 것이다. 어떤 이는 성전을 찾아 조용히 신과의 대화를 나누고, 어떤 이는 산이나 숲속을 거닐며 사색에 잠길 것이다. 또 낮은 음악이 흐르는 찻집에 앉아 저녁노을을 바라보며 인생의 의미를 되새겨 보기도 하고, 어떤 이는 혈육이 잠든 공원묘지를 찾아 그리움을 달래기도 할 것이다. 또 어떤 이는 서점 또는 박물관이나 미술관을 찾는 사람도 있을 것이다.

나 홀로 선택하고, 결단하고, 행하여야 하는 '홀로'라는 의식이 주는 추위 때문에 마음이 떨리고 답답할 때, 가족들이나 친구의 작은 잘못이 산만큼이나 커 보이며 미워질 때, 공허가 찾아들며 사람들 사이에서 비켜나 있고 싶을 때, 돈을 너무 따지는 사람이나 돈에 너무 감각이 없는 사람을 만나고 싶지 않을 때, 오늘은 내가 샀으니 내일은 네 차례라고 못 박는 사람, 몸만 왔다갔다 하는 사람이 편안하게 보이질 않을 때, 두뇌의 이론과 가슴의 뜨거움이 서로 어긋나는 데서 오는 번뇌가 있을 때, 어떻게 사는 삶이 신앙적 생활과 연결되며 인간으로서 충실히 사는 삶인가 하는 문제로 괴로울 때, 그립고 아름다웠던 추억의 시간 속을 걸어가고 싶을 때, 외로워 전화했는데 왜냐며 바쁘다고 메마르게 반응하는 인색한 사람이 싫어질 때, 인간에 대한 기본적인 예의조차 없는 사람에게 마음에 상처를 받았을 때, 나는 혼자이고 싶어진다.

그럴 땐 동네 가까이 있는 바닷가 레돈도 비치로 달려간다. 혼자만이 찾아가는 곳, 나만의 바닷가로 가면 시원한 바람이 나를 맞아준다. 바닷가에 앉아 멀리 아득한 수평선, 끝없이 출렁이며 파도치는 바다의 몸짓을 바라보노라면 오랜 여행 끝에 안식처에 닿은 것처럼 몸과 마음이 푸근해지며 내 영혼에 파고든 죄와 상처들이 말끔히 씻기는 것 같은 기분을 느낀다.

언제 보아도 바다는 큰 가슴의 생명체이다. 끝없이 출렁이며 크고 작은 파도를 만들고 이따금 제물에 몸부림치며 무섭게 노하기도 하지만 다시 어머니의 품처럼 너그럽고 평화로워진다.

물결을 이루며 해안으로 몰려드는 파도는 우리네 인생과 같다. 온 힘을 다해 모래밭 위로 달려들어 조금이라도 더 멀리 왔음의 흔적을 남기려 한다. 어떤 파도는 성공하여 다른 파도가 이루지 못한 자취를 모래밭 위에 크게 남겨 놓기도 한다. 그러나 그 흔적은 다시 다른 파도에 의해 지워진다.

딸들이 어렸을 적 나는 딸들과 함께 어머니를 모시고 이 바닷가 모래사장에서 행복한 여름날들을 보내곤 했다. 어머니는 무좀이 심하여 고통스런 당신의 발을 모래 속에 묻고 태양의 열기로 뜨겁게 찜질을 하셨고, 나는 비키니 차림으로 온몸에 선탠오일을 바르고 햇빛을 즐겼다. 딸들은 모여 앉아 모래집을 짓고 허무는 놀이에 열중했다. 그렇게 우리는 바다의 품에 안겨 즐거운 주말의 오후를 보냈다.

내 어머니의 일생도 파도처럼 짧아 오래전에 우리 곁을 떠나가셨다. 바다 냄새, 파도 소리만 들어도 가슴속에는 어머니와 함께 했던 추억들이 생생하게 되살아나며 어머니가 그리워진다.

어머니의 인생도 결국 한 차례 물결이었다. 그 물결은 파도가 되어 모래 위에, 또 가족들 가슴에 큰 자취만을 남기고 다른 파도에 의해 덮이고 모래 속으로 스며든 거품처럼 되어버린 것이다.

나는 바다를 좋아한다. 내가 좋아하는 바닷속에는 온갖 것들이 다 들어 있다. 벗어 던진 신발도 있고, 사랑을 잃어버린 사람들의 눈물도 있다. 술 취한 사람의 소변도 있고 갈매기의 울음도 있다. 과음한 사람의 토설도 들어 있고 분노한 사람의 욕설과 침도 들어 있다. 깨진 컵과 장난감도 있고 먹다 버린 깡통과 음식도 있다. 재가 되어 뿌려진 문우의 넋도 들어 있다. 크고 작은 물고기들도 그곳에서 헤엄치며 살고 있다. 바다는 그 온갖 것들을 마다하지 않고 큰 가슴을 열어 너그럽게 감싸 안은 채 싫은 내색도 없이 자신의 색을 잃지 않고 푸른 바다의 모습을 보여주며 출렁이고 있다.

아, 그 모든 것들을 담고 저리 푸를 수 있다니! 얼마나 감동적인가!

이순의 나이를 살고도 아직도 나는 내 삶 속으로, 밀물처럼 밀려오는 감정의 문제들을 너그럽게 포용하지 못하는 작은 가슴을 가진 자이다. 걸핏하면 회의에 잠기고, 노여움을 타고, 섭섭해하는 옹졸한 마음가짐이 바다 앞에서 부끄럽기 짝이 없다. 혼자만이 찾아온 나만의 바다에서 침묵하는 저 푸른 바다의 모습은 깨달음으로 다시 나를 깨어나게 한다. 그래서 정호승 시인은 "누구나 하나씩은 자기만의 바닷가가 있는 것이 좋다."라고 했는지 모르겠다.

나도 바다처럼 살고 싶다. 많은 것을 포용하는 큰 가슴을 가진 자로 바다 빛 푸른 삶을 살고 싶다.

어머니의 밍크코트

계절이 지난 옷들을 정리하려고 옷장 문을 여니 어머니의 밍크코트가 걸려 있었다. 다가가 코트를 만지니 어머니의 체취가 느껴져 눈시울이 젖어 든다. 어머니의 유품이다. 어머니가 15년 전 육신의 옷을 벗고 이 세상을 하직하실 때 남겨 놓은 유품이 나를 울리는 것이다.

사람들의 추억 가운데 어머니에 대한 추억이 가장 많다고들 한다. 나도 그렇다.

내 어머니 김무자 여사님은 새색시 때 남편과 사별하고 홀로 되셨다. 핏줄이 덫이 되어 팔자를 바꾸시지 못한 채, 애물단지 외동딸을 품에 안고 한평생을 수절과부로 사신 분이시다. 지금이야 구시대의 유물처럼 되어 폐기 처분된 열녀의 칭송 속에서 시어머님과 딸을 둔 가장으로 온갖 풍상을 겪으며 강하게 살아오셨다.

시어머니를 모신 청상과부의 몸이라 다른 여인들처럼 계절 따라 물색 옷을 한 번도 입어 보지 못하시고 젊은 시절이 다 흘러갔다고 한숨처럼 내뱉곤 하셨다. 노년의 어머니는 색깔 곱고 예쁜 옷들을 선호하셔서 철철이 예쁜 옷들을 사드리며 효녀지 하며 생색을 꽤 내며 살았다. 수절과부의 애환을 학을 뗄 정도로 듣고 자라 어머니의 삶에 대한 연민 때문이었다.

어느 해 가을, 어머니 친구의 따님이 자기 어머니에게 밍크코트를 선물했는데 효녀 딸을 두었다고 친구분 모두가 부러워하며 "죽기 전에 밍크코트 한번 입어 보면 소원이 없겠다."라고들 했다는 이야기를 내게 하셨다. 김무자 여사님은 당신의 어떤 희망사항이 있을 때 항상 '어느 집 자식이 그 부모에게 어떻게 했다.'라고 하더라는 암시적인 화법을 쓰시곤 했는데 그것은 '너도 눈치껏 알아서 하라.'는 뜻이 담겨 있는 어법이었다.

지금이야 밍크코트가 흔해진 세상이나 이십여 년 전만 해도 행세하는 집안의 여인들이나 걸치는 고가의 코트였고, 보통 살림 사는 여자들에겐 하늘의 별처럼 쳐다보아야만 하는 고급상품이었다. 내 삶을 키워준 비료 같으신 어머니가 죽기 전 소원이라고 하시니 '그 죽기 전'이란 말이 내 가슴에 가시처럼 찔려와 눈 딱 감고 거금을 지불하고 밍크코트를 사드린 날, 어머니는 열 아들 부럽지 않다는 말씀을 연발하시며 밤늦도록 모피 코트를 끼고 앉아 만지고 만지시며 감회에 젖으셨다. 그날 밤 나는 난생처음 얼굴도 모르는 아버지를 속으로 원망했다.

옷이 날개라더니 귀부인이 따로 없었다. 우아한 귀부인의 모습으로 주일예배에 참석하신 어머니는 예배 시간 내내 교회 안을 휘둘러보시며 당신 코트가 꾸겨질까 봐 온 신경을 코트에만 쏟고 계셨다.

그날따라, 목사님의 열띤 설교는 "성도님들 인간의 육체는 겨우 몇 푼에 불과합니다. 그런데도 여러분들은 그 많은 돈을 들여 그런 육체에다 치장을 해야만 하겠습니까?"라고 마치 우리 모녀를 위해 준비하신 말씀 같아 차마 고개를 들 수가 없었다.

예배가 끝나고 친구 권사님들이 소원 성취했으니 한턱내라는 성화에 식사비로 큰돈을 썼다고 억울해하면서 "교회만은 절대 코트를 입고 가시지 않겠다."라는 말씀을 하셨다. 그 후 어머니는 두 번 더 그 밍크코트를 입으셨던 기억이 난다.

혈압으로 쓰러져 불구의 몸이 되신 어머니가 병상 생활을 하시면서는 그 애지중지하시던 김무자 여사님의 재산 목록 1호, 밍크코트는 무용지물이 되어 먼지만 내려앉았다.

임종하시기 전날, 맑은 정신으로 돌아온 어머니는 내 손을 잡으며 몇 마디 유언의 말씀을 하시고 밍크코트를 사준 네 효심이 고마웠고 따뜻하셨다는 인사를 잊지 않으시고는 이튿날 한 많은 수절과부의 일생을 마감하셨다.

옷은, 어떤 면으로 보면 자신의 열등한 내면을 가리는 수단이며 방편이다. 어머니가 모피 코트에 집착하셨던 일도 어쩜 혼자라는 의식이 주는 추위 때문에 그것을 채워 줄 따뜻함에 대한 그리움이었을 것이다. 어머니의 대를 이어 혼자된 내 가슴에 추위를 느끼면서 알게 된 깨달음이다.

딸자식을 위해 한목숨 바쳐 뜨거운 헌신과 희생의 생애를 살다 가신 김무자 여사님, 내 어머니가 유품으로 남긴 밍크 코트는 내 집안에 슬픈 기념비가 되어 오래 오래 보존될 것이다.

할머니와 손녀

꽃다발을 한 아름 안고 막내딸이 다녀왔다는 인사말과 함께 집 안에 들어선다. 꽃다발에 시선을 주며 축하받을 일이 있었느냐는 말에, "내일이 할머니 기일이어서 산소에 가려고 꽃을 샀다."라는 게 아닌가.

내일이 어머니의 기일이 맞다. 오랫동안 홀로 지키던 병상을 떠나 인생의 마지막 종소리를 들으며 우리와 헤어진 어머니, 어언 십여 년 세월이 흘렀다. 그동안 그리움도 많았지만, 용케 잊고 산 날들이었다. 어머니의 기일을 딸인 나는 까맣게 잊고 있었고, 손녀는 기억하고 있었다. '레테의 강' 그 강물을 마시면 지난 일들을 기억하지 못하는 망각의 강을 건넌다고 한다. 요즘 들어 부쩍 나는 레테의 강물을 마신 사람처럼 깜빡깜빡 잊는 일이 잦아 난감하다.

이제는 먼 이야기가 되어 버린 할머니와 손녀의 한 송이 풀꽃 같은 사랑의 잔영들이 오래된 흑백영화처럼 내 눈앞에 스쳐온다.

오후 5시 30분은 어머니가 계신 양로병원의 저녁 식사 시간이었다. 부드럽고 간단한 한식을 준비해서 막내딸과 병원으로 달려가는 일은 나의 일과였다. 어머니와 딸, 할머니와 손녀, 삼대의 핏줄이 한자리에 모이는 애절한 만남의 시간이기도 했다. 어머니가 식사를 마치면 침상을 깨끗하게 바꾸어 드리고 병원 문을 나서곤 했다.

막내딸의 할머니에 향한 애틋함과 순수한 애정, 조손간에 나누는 눈먼 사랑이 인간의 가장 성스럽고 아름다운 감정이라는 생각으로 가슴이 훈훈해지곤 했었다. 모든 것이 빠르게 변해가는 옛날이 없는 세상에서 할머니와 손녀의 사랑만은 아직도 어제가 묻어있는, 옛날이 남아 있는 고전적인 사랑인 것이다. 그 사랑은 코리안(한국)의 찬란한 문화로 빛을 내며 사랑의 변두리로 외롭게 나앉은 이국 노인들 가슴에 선망의 대상이 되기도 했다.

흐르지 않는 물은 한곳에 고여 부패하며 악취를 풍긴다. 양로 병원의 실내 공기는 물의 이치와 흡사한 분위기였다. 병원 안의 환자들을 대부분 육체의 기능이 마비됐거나 거동이 불편해 타인의 도움으로 삶을 유지하는 처지들이어서 날마다 깨끗함을 벗는 존재들로 살아가고 있었다.

위생적인 환경을 위해 청소의 수고가 매일매일 계속되어도, 병실 안은 유난히도 지린내가 진하게 배어있어 코를 들 수 없이 역겨운 냄새가 진동했다. 환자들은 오랜 투병 생활에서 오는 고통에 짓눌려 모습이 일그러지고, 망가져 그 몰골들이 말이 아니게 흉하고 참담했다. 생명의 근원을 병마에게 물어뜯기면서 살아가는 사람들의 모습은 충격을 주는 아픔이었다. 내 어머니 역시 예외가 아닌, 육신을 움직이지 못하는 환자라 깔끔함도, 탄력도, 윤기도 오래전에 떠났고 피골이 상접한 모습에 정신도 가끔 육체 밖으로 튀어나와 모녀간의 대화를 슬프게 했다.

형편없이 부실해진 어머니에게 내 표정이나 행동이 너그럽고 유순하지 못했던 것은 그 고약한 냄새 때문이었다. 냄새 알레르기를 가지고 있던 나에게 부패되는 냄새는 숨을 막히게 하는 고통이었으나 손녀는 불쾌한 냄새에도 거부반응 없이 심청이 못지않은 효심으로 할머니의 추하고 불결한 곳곳을 씻어주고, 닦아주고, 입맞춤하고, 이마를 서로 맞대고, 눈길 맞추고, 낄낄거리며 티 없는 웃음을 웃곤 했다. 볼을 비비며 어루만지는 따뜻한 손길은 할머니 고통을 함께하며 그 절망을 어루만져 주는 행위였다. 할머니와 손녀가 교류하는 온정은 마음에 평화의 꽃을 피우고 행복을 나눠 갖는 시간이다. 손녀가 어렸을 적에 할머니가 했던 그 따뜻한 입김과 손길을 손녀는 지금 불구의 할머니에게 그대로 실천하며 할머니의 추운 가슴을 녹여 주는 것이다.

할머니와 손녀의 사랑은 눈멀고, 숨결처럼 순하고 느슨한 사랑이다. 그 사랑 속에는 핏줄로 끌리는 마음, 아끼고 위하는 마음, 좋은 것으로만 주려는 마음, 흉허물이 없는 마음, 안전하게 의지하고 믿는 마음, 인색함도 거절도 없는 마음, 이처럼 아름다운 마음들만이 들어있는 사랑이다.

홀로 되신 어머니와 나는 결혼 전, 후에도 쭉 함께 살아온 모녀간이다. 딸 셋을 낳고도 나는 늘 밖으로만 나돌던 철부지 주부였고, 딸들의 엄마였다.

그런 내 생을 받쳐주신 어머니는 내 집안의 정신적 자산이고 지붕이셨다. 기쁨도 슬픔도 많았으련만 속으로 조용히 삭이시며 당신 말씀대로 눈에 넣어도 안 아플 손녀들을 위해 기도하시며 혼신을 다해 금지옥엽으로 키워내신 것이다. 손녀들은 할머니 사랑의 품안에서 밝게 성장해 할머니의 은공을 가슴에 새긴 성인들이 되었다. 대쪽 같은 성품 때문에 수절의 틀을 깨지 못한 채 딸의 인생 그늘에서 헌신과 희생의 삶을 사셨던 어머니의 생애가 내 가슴을 저리게 하는 아픔이었고, 채무 의식을 결코 떨쳐 버릴 수도 없게 했다.

혈압으로 쓰러진 어머니가 불구의 몸이 되신 후, 할머니와 손녀의 핏빛보다 진한 사랑을 지켜보며 손녀들에게 아낌없이 사랑을 주고 개미처럼 꿀벌처럼 일하던 그 고역의 삶을 거두신 할머니의 생애, 풀꽃 같은 사랑을 가꾸어온 할머니의 사랑은 긴 밤에 켜진 램프의 빛같이 아름답고 위대한 영광된 인생길이 아니었나 싶다.

가을이 깊어가니 추석이 다가온다. 돌아오는 추석에는 어떤 일이 있다 해도 모든 일 다 밀어두고 내 어머니, 딸들의 할머니 묘소를 찾아가 진홍의 장미 한 아름 꽂아 드리며 허둥지둥 바쁜 세월을 살면서 그 크신 은혜 잊고 살아왔음이 한없이 죄송하다고 오래 오래 무릎 꿇고 머리 숙여 사죄하며 감사와 존경의 마음을 표해야겠다.

이삿짐

한동안 내 집에 보관되었던 딸네 물건들이 이제 제 주인을 찾아 떠나는 날이다. 주차장으로 옮겨진 물건들은 한국으로 가는 이삿짐들이다. 물건들은 구분되어 각 박스에 넣어지고 테이프로 동여 매어진 후, 운반차에 실려지고 있다.

특별한 노력이나 돈을 투자하지 않아도 몸에 군살 붙듯이 그렇게 붙어 늘어나는 것이 사람의 나이다. 꽃 같던 딸은 어느새 억척스런 중년 아줌마가 되어 팔을 걷어붙이고 이삿짐 운반을 진두지휘하며 바쁘게 움직이고 있다. 곱고 여리던 그 딸아이는 어디에 있을까?

이 광경을 바라보는 나는 슬픈 생각이 들며 마음이 짠하다. 이삿짐들은 생활에 시달린 내 딸의 얼굴 같고 물건들에게도 피로한 생이 묻어있어 왜 그리 초라하게 보이는지 모르겠다. 시간은 이 물건들 가운데 멈춰져 있었다. 흘러가는 것이 아니라 시간은 고여 삭고 있었기에 자연, 초라해 보였을 것이다. 살림살이가 오래되어 낡아질수록 주인을 닮아간다더니 그 말에 공감이 간다.

운반되는 물건들은 딸네 가족들의 삶의 숨결이 들어 있었고 그들 가족에 진한 체취가 배어있었다.

딸은 결혼 후, 남편의 직장을 따라 수차례 이사를 했고 그
럴 때마다 그녀의 살림 일부는 친정인 내 집에 보관되었다.
맡겨진 물건들에 정이 들어서인지 추억과 기억이 애잔하다.
이제 멀리 한국으로 가는 이삿짐은 민들레처럼 돌아오지 않
을 것이다.

구름 따라 바람 따라 흐르는 운수승처럼 걸망 하나 메고
살아갈 수 없는 것이 우리네 생활이기에 과감하게 버릴 수
없는 물건들을 힘들게 껴안으며 살고 있다.

얼마 전, 방영된 〈천국으로 가는 이삿짐〉이라는 프로를
보았다. 명칭은 하늘 짐 센터다. 이들이 하는 일은 독거노인
들이나 혼자 살던 사람들이 망자가 되었을 때, 그들이 남긴
집안 물건들, 때 묻고 누추해져 쓸모없이 된 유품들을 정리
해주고 그들이 살다간 집안의 흔적을 아무 것도 없음으로
깨끗이 청소해주는 일이다. 이승에서의 삶을 마지막까지 같
이 해줄 수 있는 사람들이 가족이나 가족이 없는 고인들에
게 가족 역할을 대행해주는 사람들이 하늘 짐 센터 사람들
이다. 설사 가족이 있다 해도 쓰레기들이라고 가족이 외면
하며 유품에 손대지 않는 비정한 경우도 허다하다고 한다.

한때, 사회에서 죄를 짓고 감방생활을 하던 죄수들이 종
교에 의해 심성이 교화되어 출감한 이후 인간답게, 제대로
좋은 사람으로 살기 위해 고민하다가 세인들의 관심에서 벗
어나 외롭게 살다 세상을 떠난 사람들에게 가족이 되어 주

자는 인정 어린 취지에서 시작된 봉사가 하늘 짐 센터라고 한다.

아픈 살갗을 찢어내고 그 속에 청신한 새 살을 돋아나게 하는 사람들이 아닌가, 새롭게 발견되는 삶은 아름답고 위대하다.

우리는 끊임없이 삶을 배우며 산다. 내 인생도 이제는 겨울로 접어들다 보니 막바지에 몰린 기분이 들며 내가 가진 짐이 너무 많다는 생각이 든다. 버리면서 홀가분한 사람이 된다는 것, 그것은 비록 고물이라 해도 애지중지 하는 물건들과 유정의 별리를 아픔으로 겪어내면서라도 하나하나 비워냄으로 텅 빈 나로 만들어야 하는 일이 아닌가, 그렇게 해야 하는 것이 나 스스로에 대한 의무일 것이며 가족과 주변 모든 이웃에 대한 사랑일 것이다.

세월이 지나 잊히고 쓸모없어져 천국으로 가는 이삿짐처럼 나의 존재, 타인과 맺고 있는 관계나 기억 또한 그렇게 소멸되어 갈 것이다.

사랑과 친절은 부메랑 같아서 베풀면 언젠가는 돌아온다는 말이 위로가 된다. 사는 동안 매일 매일 가족들이나 친지, 이웃들에게 허리 굽혀 친절의 절을 하며 사랑의 연습을 반복하리라는 다짐을 해야겠다.

다시 만날 때까지

어느새 15년의 세월이 지났다. 남편이 병에서 자유함을 얻고 고통이 없는 세상으로 떠난 지.

여행을 앞두고 있어 그의 기일에 그를 보러 가지 못할 것 같아 나는 꽃을 사 들고 그의 산소엘 간다. 고별예배를 드리고 그의 잠든 몸을 매장했음에도 그곳에 그의 흔적이 있다는 약속 때문에 그곳에 간다.

그의 무덤을 향해 차를 몰면서 생각한다. 그가 내게서 죽음의 이름으로 떠났다는 것이 내게는 진실로 만회할 수 없는 '상실'이고 '결함'인가 하는 것을 말이다. 물론 죽음이란 누구와도 더불어 할 수 없는 고독한 사건이며 남겨진 자에게도 그만한 분량의 고독을 끼치고 가는 것이 사실이다. 다만 그가 가족 곁에 없고 그의 모습을 벽에 걸린 사진으로밖에 만날 길 없다는 사실이 꼭 상실이고 고독이라고 말하고 싶지 않다.

그것은 상실도 결함도 고독도 아닌 것이다. 그것은 그저 분리이며 거리이고 짧은 이별일 뿐이다. 이것은 물론 완력을 다해 밀어붙이는 슬픔과 상실감으로부터 방어하기 위한 것이 아닌 신앙생활을 통해 배운 죽음은 새로운 세계로의 이행이라는 것을 믿기 때문이다.

　결혼하고 첫아이를 낳아 돌이 가까울 무렵 40세 중반 나이에 시숙이 위암으로 세상을 떠났다. 그 후 시댁 쪽 남자들은 60세를 넘기지 못하고 한결같이 일찍 하선을 했다. 단명한 집안 내력에 남편도 단명하리라는 불안감이 늘 내 속에 있었지만, 남편은 연구와 책을 벗 삼아 자신이 전공한 분야의 길을 걸어가며 행복해했고, 무사히 60세를 넘기며 가족들 곁에 있어 주어 안도의 숨을 쉬며 감사했다. 한 치 앞의 일도 모르는 것이 인생사라더니, 그 다음 해 그는 혈압으로 쓰러져 자리에 눕게 되었고, 6년이란 세월을 투병으로 보내야 했다.

　남편이 투병하는 6년, 고통의 기슭을 같이 거닐면서 난 참으로 많은 것을 배웠다. 수십 번의 입원과 퇴원, 수차례의 수술, 일주일에 세 번씩 받아야 하는 투척, 가슴이 내려앉고 하늘이 노래지는 위기를 겪으면서도 살고 싶은 의지 하나로 그는 투병의 고통을 잘 견디어냈다.

　가족들이 남편의 병상에 뿌린 정성을 저 하늘의 구름만은 알고 있었을 것이다. 가족들의 기대하는 마음과 달리 그는 점점 더 깊이 질병의 늪으로 빠져들어 살아있는 일이 즐거움이나 축복도 아닌 어린애처럼 먹고 자고 배설하는 원초적인 본능에만 의지하였다. 날로 병이 깊어가는 남편의 모습을 보면서 건강한 몸으로 마음껏 나들이하는 내 또래의 부부들을 부러워한 적도 많았다. 지쳐 가는 세월을 안타까워하며 눈물짓던 고통스런 시간들이었지만 남편의 생존은 그래도 가정을 이끄는 힘이기도 했다.

꽃피는 4월에 그는 세 딸을 내게 남기고 67세의 나이로 지상에서의 생을 마감했다. 6년 동안 존재를 다해 앓았음에도 불구하고 그가 남긴 이승에서의 마지막 모습은 환희 밝고 편안함과 온유함이 깃들어 있었다. 그 기품은 그의 신앙이 주님에 의해 죽음을 뛰어넘어 승리한 아름다운 모습이었다.

사람이 가장 어려운 일은 굶는 일이고, 가장 슬픈 일이 사랑하는 사람을 잃는 일이며 가장 괴로운 일이 자신의 건강을 잃는 일이라고 한다. 사람이 한평생 살면서 이 세 가지를 경험해 보지 않았다면 그는 우선 행복한 사람이다. 굶는 일은 일시적인 현상일 수도 있고, 앓는 것도 나을 수 있지만, 사랑하는 사람과 사별하는 것은 그 죽음에서 내 생명도 의미 없어지는 슬픈 일이나 죽음이란 더 장엄한 세계로의 이행이라는 사실을 믿는 나는 망자 없는 환경에 적응해야 한다는 현실을 받아들이며 슬픔에 빠져 눈물만 흘리지는 않았다. 삶의 한 시기를 함께해 준 사람이었으나 마음으로부터 잘 가시라고, 고통 없는 곳으로 떠나보내는 나만의 이별 의식이었다.

떠난 사람의 책무를 떠맡은 일로 수많은 고통의 순간들을 넘어왔다. 그때마다 마음의 키가 자라고 정신의 힘이 강해졌다. 지금 나는 상실의 첫 순간에 비해 얼마나 많은 것이 달라져 있는지 얼마나 강한 생의 추진력이 생겼는지 모른다.

오늘도 나는 그의 무덤에 꽃을 꽂아 놓고 앉자 흑백사진처럼 기억되는 지난 삶, 한때 축복이었던 모든 옛일들을 회상한다. 남편은 그를 사랑한 가족들의 가슴에 묻혔고, 가족들의 가슴속에서 부드럽게 숨 쉬고 있다. 지금은 그와 함께한 병상의 생활도 아무런 회한 없이 그립다.

'우리 다시 만날 때까지' 하늘과 땅 사이를 교통하는 기도 속에서 만나자는 말을 남기며 공원묘지를 떠나온다.

행복과 불행 사이

5월은 가정의 달이다.

가족이 있음으로 해서 성립되는 것이 가정이다. 특히, 5월 21일은 부부의 날로 정해졌다고 한다. 남녀 두 사람이 만나 하나가 되었다는 의미로 21일로 정해졌다 한다. 두 영혼이 사랑으로 만나 한 영혼이 되어 육친처럼 동질화되어 가며, 제2의 인생을 함께 펼쳐가는 사람들이 부부이고, 독립된 개개의 두 인격이 만나는 만큼, 때로는 완전한 합의가 이루어지기도 하고, 때로는 갈등과 대립이 없지도 않은 관계가 부부 사이다.

처음 부부가 만나 결혼을 할 때면 슬플 때나 기쁠 때나 즐거울 때나 괴로울 때나 항상 고락을 함께 하리라는 서약을 하며 그런 각오로 첫 출발을 한다. 이 맹세가 그대로 지켜져서 검은 머리 파뿌리가 되도록 해로하며 사는 행복한 부부도 있고 그렇지 못한 불행한 부부도 있다.

내 어머니는 내 아버지와 결혼을 하시며 부부가 되셨으나 결혼 2년 만에 남편이 병환으로 세상을 떠나 부부라는 관계가 유성처럼 사라져 불행하게 부부 연이 끝났다. 청춘에 홀

몸이 되셨지만, 홀몸이 아닌 것은 내가 매달려 있었기에 혼자라는 강한 의지로 파란곡절의 세월을 지내시며 애물단지 딸자식을 키우시느라 허리가 휘셨다. 부부간의 정이나 부부애를 모르신 채 세상의 높고 거친 파도를 홀로 헤쳐 오셨다. 그런 어머니는 부부란 동일한 곳을 함께 바라보는 관계라든가, 부부 싸움은 칼로 물 베기라는 말들의 뜻에는 전혀 무신경 하셔서 우리 부부는 어머니 앞에서는 매사에 늘 조심스러웠고 자유롭지 못했다.

모든 생명체에는 그 나름의 짝이 있는 법이고 서로 대화를 나누며 의지할 상대가 있어 준다는 것만큼 큰 위안은 없다.

5월 6일은 안개꽃으로 피어난 면사포를 쓰고 내가 홀어머니를 두고 시집간 날, 결혼기념일이다. 돌아보니 꿈같은 50년 전 일이나 마치 그 시간들이 배경화면처럼 내 가슴 저 밑으로 아프게 훑고 지나간다.

내가 선택한 사랑의 끈에 나의 인생을 묶으며 1966년 사랑한 남자와 일심동체가 된다는 혼인을 하며 새로운 가족을 만들었다. 단칸방에서 시작한 신혼살림, 우리 부부에게는 넉넉한 것은 마음뿐이지 모든 것이 부족했지만, 신뢰가 바탕이 되어 어떤 난관도 헤쳐 가며 우리가 바라는 것들을 하나, 둘 이루어가면서 보람된 삶으로 행복했다. 그 시절 우리의 가난은 특별한 것이 아니었고 우리민족 전체의 보편적인 가난이었다. 다른 사람들이 어렵게 살 때, 우리도 어렵게 살

앗고, 다른 사람들의 생활이 조금씩 피어 갈 때, 우리 형편도 피어가며 집 장만도 할 수 있었고 사랑스런 딸들이 줄줄이 태어나 가족의 수도 늘어났다.

요즈음 젊은 부부들처럼 결혼기념일에 낭만적인 멋진 이벤트를 만들며 아름다운 추억을 남기는 것은 꿈도 꿔보지 못하고 지지고 볶으며 부대끼며 사노라고 물에 물탄 듯 술에 물탄 듯 덤덤하고 일상적인 감정으로 미운 정, 고운 정으로 살아가는 것이 우리 부부의 부부애의 한 형태였고 행복이었다.

어린 딸들의 재롱 속에 웃음으로 행복한 시절도 잠시 몇 년의 세월을 보내고 또 몇 년의 세월을 보냈으며 딸들은 철들며 성숙해 갔고 우리 부부는 늙어갔다.

인생은 회자정리라고 했던가, 내 가족들도 모래알처럼 내 가정에서 하나, 둘 그리움을 남기며 빠져나갔다. 어머니도 한 많은 생을 끝내시고 저세상으로 가셨고, 딸들도 짝을 찾아 부모 곁을 떠났다. 남편 역시 영원히 돌아오지 못할 먼 길을 혼자 떠나며 동행 이탈을 했다.

결혼기념일, 부부의 날, 가슴에서 지울 수 없는 추억의 날들, 그는 하늘의 꽃밭에서, 나는 땅 위 풀밭에서 따로 따로 그날을 기념하며 행복과 불행 사이를 혼자 생각해 본다.

사람은 언제까지나 행복하지도 불행하지도 않다. 그네타기처럼 행복과 불행 사이를 오간다. 그것이 인생이다. 행복은 순간에 피는 꽃이고 불행은 순간에 지는 꽃잎이다. 꽃이 피듯이 사람에게 행복이 있고 꽃잎이 지듯이 불행이 있다. 영원한 행복도 영원한 불행도 없는 인생길에 지금 나는 행복하다. 가장 깊고 넓은 고뇌를 이기고 나면 그 끝에 행복이 온다.

첫사랑

Danny Boy 노래 속에

　내 삶 가까이 언제나 떠나지 않는 다정한 친구가 있다면 그것은 음악이다. 음악은 사람들을 기쁘게, 황홀하게, 또 행복하게 할 뿐만 아니라, 눈물짓게 하며 악인도 선하게 하는 마력이 있다.

　내가 혼자서 장거리 운전을 할 때, 음악은 나의 길동무가 되어준다. 사람에게는 누구나 기호가 있듯이 저마다 좋아하는 음악이 있게 마련인데 자신이 좋아하는 음악을 들을 땐, 마음에 어떤 평안해지며 자신을 잊고 황홀해지곤 한다.

　모임에 참석하고 운전하며 돌아오는 밤길에 켜놓은 라디오에서 색소폰 연주의 〈대니 보이〉가 흘러나온다. 오랜만에 그 음악을 들으니 이 세상에 태어난 것이 새삼 행복해진다. 색소폰의 음이 은은하게 전해주는 외로운 여운이 내 가슴에 파고들 때, 나는 젊음을 느꼈고 멀어져 있던 소중한 내 대학 시절 기억의 파편들이 선명해지며 하나하나 내 살갗을 뚫고 버섯처럼 돋아나는 것이다.

　먼 시간 속에, 나는 작고 귀여운 학생으로 중앙대 영문과에 다니고 있었다. 어느 시대이건 시대적 상황이란 조금씩 다르다. 60년대의 대학가 주변은 요즈음처럼 번화하고 화려하지 않았지만, 학생들을 고객으로 하는 상점들이나 음식점, 찻집들이 학교를 중심으로 다닥다닥 붙어서 정겨운 대학촌을 이루고 있었다.

그 가운데 명수다방도 있었다. 교문 우측으로 조금 내려가서 시장 입구 골목 안에 자리 잡고 있던 단층 목조건물의 찻집이었는데 한가한 어촌 분위기를 연상케 했던 그 찻집에는 화분 한 개도 없었고, 생화 한 송이도 꽂혀 있지 않은 썰렁한 실내에 음악만을 온종일 틀어 대던 그야말로 음악으로 열려있던 다방이었다.

외국 사람들의 애창곡이었던 로렐라이의 노래, 쏠베이지 송, 나폴리, 돌아오라 쏘렌토로, 아름다운 푸른 다뉴브, 오 쏠레미오 등등의 가곡 외에도 색소폰 연주의 대니 보이, 그 당시 유행했던 팝 음악들을 언제든지 찻집 문만 밀고 들어서면 들을 수 있어서, 음악에 도취된 젊은 학생들의 출입이 꽤 잦았던 대학가 다방이었다. 나를 포함한 과친구들, 또 선후배 문학도들은 명수다방을 우리들의 만남의 장소로 지정해 놓고 뻔질나게 들락거리며, 20대의 화려한 방황, 그 열화 같은 시절을 음악이 있는 그 찻집에서 때로는 혼자서 때로는 뭉쳐서 보내었다.

찻집에서 듣던 음악들은 우리들의 젊은 가슴을 흔들어 놓으며 푸른 꿈을 갖게 했다. 노래 속에 등장하는 고장들을 동경하며 그 고장에 대한 여행의 꿈을 키웠고, 노래를 들으며

'아도니스'를 닮은 순결한 청년과 인연이 닿아 죽음보다 강한 사랑을 하기를 동경했다. 또 인생과 사랑, 문학에 대하여 우리는 끊임없이 토론하기도 했다. 노래를 들으며 애송시를 낭송했고, 깊은 고독과 사색에 빠지며 두뇌의 불꽃이 타오르는 문학 수업을 계속했다. 계절 따라 시화전이다, 문학의 밤이다, 연극이다 하는 문화축제의 행사를 열면서 무엇이 되고 싶어 우리가 갈고 닦는 작품의 세계를 발표하며 평가받고 싶어 했다.

관악산을 등에 업고 한강을 바라보며 우리들은 노상 붙어사는 꼴인데도 잠시라도 헤어지고 나면 곧 보고 싶은 친구들이었고, 같은 길을 지향하던 동지들이었다. 아마도 그것은 우리의 마음속에 새기고 나누는 끊임없는 우정이란 사랑이 작용했기 때문이었던 것 같다.

4년의 세월을 함께 몰려다니던 우리는 졸업과 함께 대학의 캠퍼스를 떠났고, 자연 명수다방도 떠나 뿔뿔이 사회인으로 흩어졌다.

졸업 후 성년의 구역으로 한 걸음, 한 걸음 다가간 나는 한 남자의 아내가 되고, 세 아이의 엄마가 되어 일찍 한국을 떠나 이민의 삶을 살게 되었다. 무엇이 되겠다고 꿈꾸었던 문학 동네로부터 내 현실은 아득히 강을 건너버렸다. 이민의 고된 삶에 나는 생활인이 되어버렸다.

어느 해인가 성장한 딸에게 선물로 받은 책 속에는 찻집 구석 의자에 둘러앉아 청춘의 홍역을 함께 치르던 친구들이, 한국문단을 대표하는 시인들이 되어 책 속에서 활짝 웃고 있었다. 그들의 얼굴은 내 가슴을 뭉클하게 감동 시켰고 어떤 큰 울림을 울려 주는 것이 아닌가. 친구들은 인생의 여름에 그들의 꿈을 이루고 한 시대를 대표하는 역량 있는 시인, 소설가로 정상에 우뚝 서 눈부시게 빛을 발하며 활동하고 있었다.

오래된 포도주처럼 문학으로 향기로운 친구들을 자랑스럽게 여기며 그들을 생각할 때마다, 내 몸 안에 이상한 의욕이 물결치는 것을 느꼈다. 그 의욕의 힘은 다시 글을 쓰는 작업을 시작하게 했고, 내 인생의 가을에 무엇이 되고 싶다는 대학시절의 꿈을 이루게 해주었다. 지금은 작가가 되어 나를 남기는 인생을 만들기 위하여 열심히 글을 쓰며 살고 있다. 어제의 여학생이 인생의 회전목마를 타고, 시간을 밟아 이제는 젊음의 다음 장인 할머니가 되어, 그토록 좋아했던 〈대니보이〉의 음악을 들으며, 그 노래 속에 담겨진 낭만과 꿈, 문학과 친구가 있었던 내 젊은 시절의 아름다운 추억을 회상하며 행복해 한다.

내 인생길에서 다시는 되돌아갈 수는 없지만, 돌아볼 수 있는 젊은 날의 학창 시절이 있었음을 감사하며 추억으로 가난하지 않은 내 노년의 인생길을 달려간다. 젊음이 아름다운 것도 내 늙음이 있기 때문일 것이라는 생각을 하면서.

첫사랑

때때로 장거리 운전을 할 때가 있다. 그럴 때 나는 밀폐된 차 안에서 라디오를 듣거나 또는 음악이나 복음의 말씀을 들으며, 혼자만의 공간을 즐기며 행복해한다. 라디오에서 전해주는 새로운 정보나 어떤 지식을 알게 될 때 차 안은 나에게 학교가 되어주고, 또 감미로운 음악을 들을 때는 음악실이 되고, 복음의 말씀을 들을 때는 교회도 되어준다. 흥이 나서 목청을 높여 노래를 불러댈 때는 노래방이 되어주어 운전의 긴장감도 풀어주며 지루함도 잊게 해준다.

어느 토요일 오전 중에 LA한인타운에 볼 일이 있어 올라가던 날이었다. 그날도 한국방송에 다이얼을 맞춰놓고 출발을 했다. 청취자가 방송에 참여하는 시간이었는데 주제가 '첫사랑'에 대한 것이었다. 청취자가 전화로 첫사랑에 얽힌 사연과 함께 노래를 신청하는 형식으로 진행되고 있었다.

첫사랑이란 주제가 어떤 틀을 깨는 개방 프로여서 흥미 있게 들으면서 운전할 수 있었다. 라디오 볼륨을 약간 높이고 열심히 청취하며 차를 씽씽 몰았다. 그런데 어떤 추첨에 당첨된 운 좋은 몇몇 사람들처럼 그 시간에 전화가 연결된 사람들은 모두가 주부들뿐이었다. 주부들은 자신들만이 알고 있는 어떤 비밀통로를 만인 앞에 공개하듯 자신들이 경험한 가슴 쓰릿한 첫사랑을 두려움이나 부끄러움, 망설임 없이 꺼내놓았는데, 제한된 방송 시간이 은근히 아쉬워지기까지 했다.

첫사랑, 그 첫사랑은 완숙된 의미의 사랑과는 거리가 멀다. 첫사랑은 참을 수 없는 격정으로 이루어진다. 멀리서 그냥 바라만 봐도 가슴이 뛴다. 말이 안 나오고 가슴이 꽉 메어온다. 잠을 잘 수가 없다. 괜히 슬퍼지고 눈물이 난다. 이것이 첫사랑의 증상이다.

주부들의 첫사랑, 그것은 처음 앓는 영혼의 열병이었고 그녀들의 첫사랑은 초록색, 분홍색 아니면 오렌지색으로 모두가 조금씩은 달랐지만, 회상할 수 있는 비밀계좌 같은 추억이 있는 가난하지 않은 인생이라는 점과 그리움과 상처, 미련 등을 남기며 끝난 첫사랑의 아픔이 있기에 오늘의 사랑이 얼마나 소중하고 행복한지를 알게 된 점이 서로가 닮은 구석들이었다.

첫사랑, 첫사랑은 그야말로 꽃 피고 새 우는 인생의 봄이 아닌가, 나는 전쟁 덕분에 아름다운 항구 도시 마산에서 바닷바람을 마음껏 들이마시며 소녀시절을 보냈고, 또 인생의 봄도 그곳에서 만났다. 가난했던 피난 시절이었지만, 경상도 인심은 푸근하고 따뜻했다. 내일을 기약할 수 없는 전쟁통에도 사춘기를 지내는 내 또래의 가시내들은 형용할 수 없는 그리움으로 가슴 설레며 멋진 미래를 꿈꾸던 그런 시절이었다.

어느 날 하굣길, 집 앞 골목에서 M고 배지를 단 남학생이 다가와 인사를 하며 작은 꾸러미를 건네주었다. 그는 등하굣길에서 종종 눈길이 마주치던 이웃에 사는 M교를 대표하는 테니스선수 H였다. 요샛말로 소개하자면 그는 신세대들에게 우상이 되는 한창 뜨고 있는 인기 있는 오빠, 테니스선수였다. 뜻밖에 벌어진 해프닝에 나는 당황했고, 그 역시 쑥스러워하며 들고 온 물건을 떠맡기듯 내게 안겨 주고는 급히 그 자리를 떠났다.

전해 받은 것은 책과 편지였고, 편지 내용은 친하게 지내고 싶다는 자신의 마음을 숨김없이 내보이는 말들이 빼빽이 적혀 있었다.

그 이후에도 비슷비슷한 내용의 편지는 2신, 3신의 순서로 거듭거듭 전해왔고, 때로는 내 집 앞 골목길을 서성이는 모습도 눈에 띄곤 했다. 다른 사람이 열정적으로 나에게 몰입해 있다는 사실이 사람의 마음을 감동케 또 들뜨게 하는 것이라는 것을 그때 알게 되었다. 그 야릇한 기분에 내 가슴은 온통 분홍 물기가 촉촉이 배어 매일 매일의 생활이 달콤하고 즐거웠다.

아마도 그것은 어릴 적 첫사랑 시절에만 경험하는 독특한 증상일 것이다. 답신에 네잎 클로버를 끼워 보낸 것이 행운이 되었던지 우린 낯을 익히고, 미소 짓고, 속엣말을 나누는 각별한 사이로 템포가 빠르게 발전해 가며 넓은 운동장 안에서 우리는 함께 테니스를 치며 젊음이 넘치는 시간들을 신나게 보냈다. 그러나 사랑은 이별의 시작이란 말이 있듯이 우리에게도 이별의 시간이 와 있었다. 가족과 함께 피난지 마산을 떠나 서울로 환도하면서 내 첫사랑도 이루어질 수 없는 세계로 달아나 버려 내 인생의 봄도 끝이 났다. 첫사랑은 갑자기 돌풍처럼 내 가슴에 상륙해 나를 뿌리째 흔들어 놓고 충격과 여파를 남긴 채 저만치 바다로 물러간 태풍과 같았다.

첫사랑의 운명은 이렇게 미완으로 끝나게 되어 있기에 더 그립고 애틋하고 안타까운 것이다. 만약 절정기까지 갔다면 환멸을 느낄 수도 있을 것이다. 미완으로 끝난 사랑이기에 사람들은 상상 속에서 첫사랑을 아름답게 다음, 그리고 그 다음 단계로 키워나가는 것이다.

인생에 있어서 내 소녀 시절은 짧게 지났지만, 배추 고갱이처럼 깨끗하고 풀내음이 나던 매력남 경상도 사나이와 첫사랑의 추억은 먼 옛날이야기 같지만 아주 생생히 아름다운 그림으로 내 기억 속에 남아 있다. 그 애틋하고 풋풋한 감정과 함께.

나의 서재

책에 대한 애착은 세속적 욕심과는 다르다. 옛날에는 집에 장서를 소장하고 글 읽을 만한 분위기를 만들어 놓아야 품위 있는 가정으로 인정되었으나 지금은 책에 대한 가치 개념이 달라지다 보니, 책에 대한 인식도 예전과는 다르다. 이사 간 집 쓰레기더미 속에는 책이 주종을 이루고 여기저기 버려지는 책, 쏟아지는 전자책들로 인해 서재가 실종되는 현실이다.

이러한 실태 속에서 책을 보물처럼 생각하고 귀히 여기는 사람들의 마음이 오히려 구태의연한 것 같아 격세지감을 느끼게 하지만, 이런 마음을 가지고 산다는 자체가 얼마나 소중한 행복인지 모른다.

나의 서재는 내 집 지하방이다. 서재라기보다는 나만의 공간으로 내 공간이 있다는 것, 나만의 방이 있다는 것이 너무 좋다. 나의 책방은 오래 묵어 내린 잡목림 같은 책의 숲 속이다. 나는 학자도 아니고 연구가도 아니다. 다만 책을 사랑하는 문인 중 한 사람이다. 나에게 배정된 시간을 살다가 언젠가는 옛사람이 되어 버릴 나를 위해 내가 경험한 삶의 이야기들을 문학으로 조각하기 위해 내 책방에서 항상 바쁘다. 그러기에 매달 배달되는 신간 서적들이나 기증받은 책들을 정리할 짬이 없다. 그렇다고 해서 아무렇게나 내버려 두지는 않는다.

내가 글을 쓸 때, 그 서적이 필요할 때, 찾고 싶을 때, 손쉽게 찾아낼 수 있게끔 그 자리를 정해 두곤 한다. 쌓여 있는 책들이 모여 있는 책상 앞에 앉을 때 나는 숲속에서 독거하고 있는 안정감, 마음의 고요와 편안감은 느낀다. 사색가가 숲을 사랑하듯이, 정리되지 않은 내 책방 서재 안에 책들, 잡목림을 사랑한다.

나는 내 서적의 숲속 사정을 잘 알고 있다. 어디에 개울이 흐르고 어디에 샘이 있는지 어디에 고목이 있고 어디에 어떤 새의 둥우리가 있는지 안다. 어디에 오솔길이 있고, 어디에 꽃이 피어 있는지 나는 내 숲에 드나들며 내 숲을 관리한다. 흐트러진 질서를 나는 사랑하고 그 속에 가득 배어 있는 내 냄새, 내 비밀, 내 흔적을 남이 아는 것이 싫다.

나는 나만의 방을 늘 청소하지는 않는다. 어쩌다 마음 내키면 대충 먼지를 털어내고 닦아낸다. 이 책방에는 금액으로 환산하면 어느 정도라고 말할 수 있는 물건들은 없고 오직 나에게만 황금처럼 귀중한 물건들뿐이다. 사군자의 그림 액자가 있고 수상한 상패들과 감사패들, 이민 올 때 선물로 받은 한국화 몇 점이 옛정 그대로 벽에 걸려 있다. 그리운 사람들의 사진들이 놓여 있는 창가에는 비록 조화이긴 해도 샛노란 개나리꽃의 웃음이 피어있다. 나무로 만든 책상 위에는 색동옷을 입은 초들이 나란히 세워져 있다. 네 영혼이 고독하거든 산으로 가라는 말이 있으나 나는 혼자 짐을 져야 한다는 외로움이 몰려와 고독할 땐 산이 아닌 지하 책방으로 내려가 까마득히 잊어버렸던 지난날들의 행복을 건져내기도 하고 수필의 집을 짓기도 한다. 때로는 답답함을 느낄 땐 촛불을 켜며 무거운 마음, 추하고 우울한 이야기들을 태워버리곤 한다.

시간은 끊임없이 흐른다. 흐르는 시간 속에 사람들은 노쇠하며 나이가 들어간다. 나이 들어감은 정신이 낡아지며 매몰되어 인생의 빛을 잃어 감이다. 어찌 여름의 더위나 겨울의 추위를 피하듯 피해갈 수 있겠는가, 그러나 잠드는 영혼으로부터 탈출하여 깨어있는 영혼이고 싶어 나는 고뇌하며 수필의 집을 쉴 새 없이 허물었다 다시 짓는 작업을 반복하며 정신내면에 생성의 힘을 얻고자 잡목림 같은 책의 숲, 나만의 방, 나의 서재에서 오늘도 하루해를 보낸다.

눈물

아쉬움과 그리움은 끈덕지게 사람의 마음을 사로잡고 있는 것이 아닐까 한다. 때때로 아쉬움이거나 그리움으로 인해 힘든 시간을 보내게 될 때 나는 그리움을 남기고 떠난 남편의 묘소를 찾아 그린 힐 공원으로 가곤 한다.

그날도 무덤가 잔디에 앉아 내 삶과는 아주 먼, 천상의 꽃밭에 있을 남편에게 가족의 안부를 전하고, 누구에게도 털어놓고 말할 수 없어 내 심중에만 담고 있던 이야기들을 무언으로 나누고 있었다.

성묘객이 없는 묘원은 바람만이 가득할 뿐, 적막하기 그지없었다. 그 고요를 깨고 어디선가 애통한 울음소리가 들렸다. 주변을 돌아보니 웬 중년의 남자가 어느 무덤 앞에 꿇어앉아 오열하고 있었다. 눈물을 뜨겁게 쏟아내고 있는 그의 울음소리가 허공으로 퍼지고 있었다. 부모님의 무덤인가, 어쩌면 사랑하는 아내의 무덤인지 모른다는 생각이 들었다.

평소에는 남자의 우는 모습을 별로 본 적이 없었기에 시선을 떼지 못하고 바라보는 동안 내 가슴에도 슬픔이 차오르며 절로 눈물이 났다. 온몸으로 우는 남자의 아픔을 내 아픔으로 받아들이는 눈물이었으리라. 석양을 등지고 우는 남자의 아픔을 저녁노을이 지니고 있는 여유와 아름다움으로 품어주고 안아주고 삭혀주기를 염원했다.

활화산처럼 가슴 밑바닥에서부터 솟구치는 그 뜨거운 감정의 폭발, 참으래야 참을 수 없고 억누르래야 억누를 수 없는 그 울음의 폭발은 누구에게도 쏟아내지 못하면 한으로 남을 것이다.

살아가면서 정말 필요한 것은 웃는 것 못지않게 우는 것이다. 특히, 남자들은 울 곳을 못 찾아 자기 안의 눈물을 감추고 숨겨 놓지만 언젠가는 그 어디에선가는 쏟아내야 살 수 있을 것이다. 누구나 예외 없이 자기 안에는 혹독한 더위에도 녹지 않을 만큼 가슴 깊숙이 얼음처럼 박혀 있는 아픔들이 있다. 그 아픔을 떨쳐내지 못한 채 숨겨온 삶의 찌꺼기 같은 눈물이 숨어 있는 것이다. 가끔은 그것을 쏟아내야 하는데 쏟아낼 만한 곳도, 쏟아낼 만한 시간도 없다. 아니 쏟아내기 시작하면 걷잡을 수 없을 것 같아서 두렵기까지 한 것이리라. 그러나 쏟아내야 한다. 참다 참다 펑펑 쏟아내는 눈물, 그 눈물이 있어야 제대로 살 수 있을 것이다.

눈물은 감정의 발산이며 흠도 티도 없이 깨끗한 순수 결정체이다. 살인자에게도 눈물이 있어 참회의 뜨거운 눈물을 흘릴 때만은 순수해진다. 보고 싶었던 사람을 만나면 반가워서 눈물이 나고 아파 누웠던 사람이 일어나면 좋아서 눈물이 난다. 가진 자가 없는 자를 돕는 것을 보면 고마워서 눈물이 나고 가진 사람이 더 가지려고 욕심을 내는 걸 보면 슬퍼서 눈물이 난다. 사는 것이 절박할 때도 눈물이 나고 억울하고 속상할 때도 눈물이 난다. 자책과 죄스러움에도 눈물이 나고 하모니가 아름다운 음악을 들을 때도 감동해서 눈물이 난다. 세상을 버리신 부모님께 행한 불효가 가슴을 치게 하며 회한의 눈물을 흘리게도 한다. 갓난아이도 요구 사항이 있을 땐 소리 내어 운다.

이처럼 눈물은 인간이 가지고 있는 확실한 감정의 증표 중 하나이다. 언어로 표명될 수 없는 내면의 함성, 그것이 눈물이 가지고 있는 핵심적인 의미다.

모든 것을 씻어주고 정하게 해주는 눈물은 우리 생활의 청량제이며 가장 값진 것이기에 눈물 한 방울 아끼는 사람보다 눈물이 헤픈 사람이 더 정스럽게 느껴진다. 눈물은 인간을 아름답게 하는 진실의 상징이기 때문이다.

가슴에 열정을 품을 때

  '열정'이란 단어는 라틴어에서 유래된 '참는다, 견디다'라는 뜻이라고 한다. 그렇다면 열정은 도전이나 패기가 아니라 고통을 견디어 내는 의지와 끈기, 기다림의 시간이다.

  현대를 사는 사람들은 매일 반복되는 단조롭고 기계적인 삶을 살면서 만성 피로에 시달리며 무슨 일을 해도 사는 재미가 없고 감동꺼리도 없고 낭만적인 일도 없다고 입버릇처럼 불평한다. 생활이 안일해지고 환경이 편해지면 그 안락지대에서 벗어나고 싶지 않은 타성에 젖어 자신을 되는대로 내버려 두고 마는데 그것은 귀차니즘의 심리, 즉 현상유지 편향이라 한다. 이런 시간이 깊어지면 의욕도 사라지고 인생이 무의미해진다. 눈앞에 편안함을 쫓다가 결국 죽음을 맞게 된다.

  사는 일에 아무런 열정이 없는데, 어떻게 기쁨인들 있겠는가. 지금 우리는 100세 시대를 살고 있다. 나이는 숫자에 불과할 뿐이라는 얘기들을 많이 한다. 세월은 피부를 주름지게 하지만 열정을 잃으면 영혼이 시든다. 사람은 신념과 함께 살고 회의(懷疑)와 함께 늙어간다고 한다. 또 사람은 자신감과 함께 젊어지고 실망과 함께 늙어간다고도 한다. 그렇다면 우리에게 주어진 시간을 손 놓고 앉아 구경만 할 수 없지 않은가. 자신에게 의미가 있고 또 즐길 수 있는 일을 선택하는 열정이 자아실현의 비결이다. 자아실현이란, 자신의 재능과 잠재력을 찾아 십분 발휘하면서 자신의 가치를 실현하고 그 속에서 만족을 얻는 것을 말한다. 누구나 자아실현을 통해서 더 나은 나로 거듭나기를 갈망하지만, 결코 쉽지는 않다.

누구나 마음속에 하고 싶은 일, 좋아하는 일, 꿈꾸는 일은 있지만, 뜻대로 되지 않거나 현실이란 난관에 부딪혀 그것을 실현하지 못하고 그 열정이 식어버리는 경우가 많다. 그러나 알고 보면 현실도 사람이 만드는 것이기에 몇 갑절의 노력을 쏟는 의지만 있다면 극복 못할 것도 없다.

운명, 영웅, 월광 비창 정원, 열정 등을 작곡한 위대한 베토벤도 치명적인 장애가 있었다. 귀가 들리지 않았다. 음악가가 귀가 들리지 않는다는 것은 그 자체가 사형선고나 다름이 없는 일이다. 그는 가혹한 운명에 굴하지 않고 의지와 열정을 불태운 긍정적 심리를 가진 사람이었다. 독일 본에는 아직도 베토벤의 집이 있다고 한다. 그 집안에는 피아노가 한 대 있는데, 그 피아노를 보면 베토벤이 타고난 천재가 아님을 알게 된다고 한다. 피아노의 건반들이 움푹 패어 있어 그만큼 치열하게 혹독하게 열정적으로 연습을 했다는 증거일 것이다. 그런 그의 노력의 열정은 인내와 기다림의 시간으로 개인적인 영향력을 발전시키고 세계 모든 사람을 감동시켰다.

누구에게나 주어진 시간은 유구하지 않다. 그러니 금쪽같이 아까운 시간을 사는데, 마냥 재미없다는 푸념만으로 허송세월로 보낼 수는 없지 않겠는가. 내가 헛되게 보낸 하루가 죽어가는 어떤 사람이 그토록 살고 싶어 했던 하루였다는 것을 기억한다면 이런저런 핑계를 앞세우며 시간을 낭비하지 말아야 함을 명심케 한다. 핑계를 대는 습관이 생기면 소극적이고 수동적일 수밖에 없기에 핑계는 사람의 능력을 제한해 결국 아무것도 하지 못하게 한다. 퇴임 후나 노년에 문학 수업을 통해 작가의 꿈을 이루고 문인이 되어 왕성한 작품 활동을 하는 사람들, 그들은 가슴에 문학에 대한 열정을 품었기에 이룬 명예이다. 취미로 시작한 일상의 사소한 일에 열정적인 노력이 뒤따른 결과 뜻밖에 주변에 좋은 반응을 얻어 상품화되어 돈벌이까지 되고 있어 사는 게 신명난다는 사람들의 이야기도 듣게 된다. 어떤 경우이든 내가 하고자 하는 일을 열정적으로 해낸 자아실현의 좋은 예들이다.

삶이 아무리 무미건조하고 단조롭다 하더라도 가슴에 열정을 품고 작을지라도 가치 있는 일을 새롭게 시도한다면 권태롭지 않은 삶, 설렘이 있는 생기 있는 삶이 될 것은 물론 기쁘고 즐거운, 사는 재미가 있는 삶이 되어 영혼이 빛날 것이다.

열정과 끈기는 보통 사람을 특별하게 만들고 무관심과 무기력은 비범한 사람을 보통 사람으로 만든다고 한다. 어떤 일에 열정의 불꽃을 태우느냐는 선택은 개인 각자의 몫이며 분명한 것은 열정의 차이는 다른 사람들과 차별화되는 인생 길을 걷게 한다는 것이다.

건넛집의 불빛

새벽에 기상을 알리는 알람시계가 울리면 나는 졸린 눈을 부비면서 새벽잠에서 깨어나 부지런히 잠옷을 갈아입고 아래층 부엌으로 내려가 건넛집 창문을 바라보며 물 한 컵을 마시는 일로 하루를 시작한다. 도시가 잠들어 있는 시간, 어느새 어둠을 밝히고 있는 건넛집 창문의 환한 불빛은 벌써 저 집에도 나처럼 누군가가 일어나 조용한 아침을 시작하고 있음을 알려주는 불빛이다. 꿈꿀 힘이 없는 자는 살아갈 자격이 없다고 했다. 저 불빛은 꿈을 가지고 인생을 적극적으로 개척해 가려는 의욕의 빛이다. 그 빛은 새벽잠을 즐기며 살지 못하는 삶이 고단한 사람들에게 '당신은 혼자가 아닙니다. 내가 당신과 함께 있습니다.'라는 말을 뜻하는 위안과 힘을 주며 활기찬 아침을 준비하게 하는 빛이다.

간혹 불빛이 없는 캄캄한 건넛집의 창문을 보는 날이면 일면식도 없는 건넛집 안부가 궁금해진다. 무슨 일이 있나, 몸이 아픈 것일까, 고만 늦잠을 자는 걸까, 아니면 여행 중인가, 같은 처지라는 일체감에서 오는 생활 탓일까. 나의 일방적인 관심에서 걱정스런 독백이 절로 나온다.

내가 사는 지역은 특별히 가난할 것도 넉넉하지도 않은 평범한 주택가에 아파트들이 숲처럼 밀집된 동네이다. 서로 서로 이웃하여 살고 있기는 하나 저마다 바쁜 생활이어서 심정적 교류가 없이 지내는 편이다. 자연 건넛집 역시 창문 안에 사는 사람들의 집안 내력에 대해서도 전혀 아는 바가 없다. 가끔 주말이면 담을 넘어 들려오는 이상한 음악 소리나 낯선 말소리로 보아 나처럼 이민 바람에 날려 민들레 홀씨처럼 이 미국 땅에 내려앉아 살아가면서 민들레처럼 이 땅에 뿌리를 내리기 위해 애쓰며 사는 이민자의 가정이라는 것만을 알 뿐이다.

이민자들은 저마다 사연을 안고 고국을 떠나 문화와 언어, 물이 다른 이 거대한 낯선 미국 땅에서 낙오되지 않고 잘 살아보려고 한다. 그 꿈을 이루기 위해 두 눈을 부릅뜨고 살아가기에 늘 정신은 팽팽한 활시위처럼 긴장하며 여유 없는 생활을 하다 보니 자연 피곤에 지쳐 잠을 실컷 자보는 것이 간절한 소망이었다. 삶을 이어가기 위해 꼭두새벽부터 일어나 일하며 힘겹게 사는 이민자들이 지쳐 쓰러져 버리지 않고 꿋꿋이 살아갈 수 있는 것은 직접적으로 혹은 간접적으로 또 보이게, 보이지 않게 부어주는 하나님의 도움과 은혜 덕이라 생각하게 된다.

그 누구의 도움 없이 자수성가했노라고 뽐내는 사람들의 성공담을 듣는 기회가 종종 있다. 과연 그들은 말처럼 혼자 사는 세상이 아닌 얽히고설킨 인간관계의 사회 속에서 티끌

만치도 타인의 도움 받음 없이 성공을 이루어 낸 재주는 무엇일까 하는 의문을 가지게 된다. 겉으로 드러내는 도움만이 전부고, 보이는 것만이 가치 있는 도움이라는 무지에 빠져 서로서로 은혜를 끼치며 사는 아름다운 세상의 이치를 부정하는 속셈을 보는 것 같다. 그래서 그들의 자수성가했노라 하는 성공담은 공허하게만 들린다.

사람들이나 자연, 사물, 어느 것 하나 나와 상관없는 것들은 이 우주에 존재하지 않는다. 서로 더불어 살아가게 되어 있다. 서로를 의지하고 상부상조하며 서로에게 은혜를 끼치며 살게 되어 있는 것, 그것이 인간이며 인생이다. 이른 새벽, 건넛집 불 밝힌 창의 불빛은 내 삶에 외로움을 덜어주며 위안을 주고 활기찬 힘이 솟게 한다. 침묵의 불빛으로 서로의 존재, 생존을 알릴 수 있는 이웃이 있다는 것이 얼마나 고마운 일인가. 이 감사의 마음을 안고 이 도시의 일원으로 오늘도 내가 하는 일에 최선을 다할 것을 다짐하는 아침이다.

겨울이 품고 있는 것

　다른 사람들보다 두 배나 더 추위를 타는 주제에 어느 계절을 좋아하느냐고 물으면 나는 겨울이라고 대답하는 것이다. 이렇게 추위에 약하면서 나는 왜 겨울을 좋아할까.

　먼저는 겨울에는 내 모습을 숨길 수 있다. 점점 탄력을 잃어 가며 처져 내리는 육체를 가리며 감출 수 있는 털옷을 입을 수 있는 계절이다.

　하지만 내가 겨울을 좋아하는 진짜 이유는 하늘 가득히 피어나는 수만, 수억만 송이의 희디흰 설화, 겨울의 꽃인 눈 때문이다. 춤추듯 땅 위로 내려오는 수없는 눈들에는 소리 없는 노래가 있고, 꿈이 있고, 사랑이 있고, 시가 있고, 이야기가 있다. 깨끗한 흰 눈을 노래한 김광균의 〈설야〉라는 보석 같은 시를 읽은 후, 눈 내리는 겨울을 한층 더 좋아하게 되었다.

　눈 내리는 날은 산과 들은 은색의 세계로 변하고 가지마다 기이하고 아리따운 백화가 핀다. 그 어떤 빛깔이 이 순백의 우아함을 쫓아갈 수 있겠는가. 높은 것도, 낮은 것도, 고운 것도, 추한 것도 모두 덮어버리며 흰 옷으로 갈아 입혀

주는 하늘 축복의 선물. 눈이 오는 날은 그 빛깔에 취해 절로 마음이 너그러워지고 세상이 아름답게만 보인다. 눈은 우리의 마음을 순수하게 하고 동심에 젖게 한다.

60년대 겨울은 칼끝 같은 매운바람이 뼛속까지 파고들던 한기로 가난한 서민들의 마음은 춥고 을씨년스러웠다. 요즈음 겨울은 너무 따뜻해 겨울답지 않다. 겨울에도 비가 내린다. 겨울비는 겨울이 우는 것 같다. 나는 비 대신 눈을 원하나 사막의 도시에 살고 있어 눈을 보지 못해 불행하다. 강원도 산간지대에 2m가 넘게 내린 눈을 한번 보고 싶다.

고국을 떠나온 후에는 그런 눈을 실제로는 본 일이 없다. 다만, 영화에서 멋있는 설경의 장면들을 보았을 뿐이다. 가도 가도 끝이 없는 눈길, 러시아의 눈은 낭만적이다. 러시아 소설을 영화화한 〈전쟁과 평화〉, 〈닥터 지바고〉, 〈카라마조프의 형제들〉 등 영화에서 특히 드미트리 역을 맡았던 율 브리너가 그의 연인을 만나러 갈 때 그의 외투 위에 목화송이만 한 함박눈이 내리던 장면들은 말할 수 없는 감동이었다.

눈이 오는 날처럼 살고 싶다. 은총의 햇살 아래 소망의 은빛 날개를 마음껏 펼쳐보고 싶다. 온갖 잡스럽고 치기 어린 다툼, 쌓고 모으던 욕심을 털어버리고 깨끗하게 비운 가슴에 충만한 은총이 넘치도록 두 손을 모은다. '눈이 오는 날이 있다는' 것은 얼마나 즐거운 일인가, 더욱이 그것을 겨울이 품고 있는 것이기에 어찌 내가 겨울을 좋아하지 않을 수 있을까.

백발의 아름다움

살아간다는 것은 나이가 들며 늙어간다는 것이다. 나이가 들면 사람은 누구나 몸과 마음은 물론 생각과 취향까지도 변한다. 나 역시 젊은 날과 달리 취향이 많이 바뀌었다. 요즈음은 TV프로 중에서 〈가요무대〉나 〈열린음악회〉를 즐겨 보며 행복해 한다. 노래 속에는 인생의 희로애락의 애환이 들어 있어 절절하게 가슴에 와닿기 때문이다.

얼마 전, 열린음악회에 출연한 가수 패티 김이 검은 머리 한 올도 보이지 않은 백발의 짧은 헤어스타일로 열정적으로 노래하는 것을 보았다. 은물결처럼 반짝반짝 빛나는 백발이 아름다웠다. 그 파격적인 모습에 반해 "와 멋지다, 멋져"라는 소리를 연발했다. 늙음을 억지로 밀어내지 않고 인생의 황혼을 넉넉한 마음으로 자연스럽게 받아들이는 '자유함'이 느껴졌다. 노년의 빛깔과 생동감이 넘치는 열정은 진정한 여성의 아름다움이었고 마치 나이테를 안으로 품고 의연하게 서 있는 나무의 의지를 보는 것 같았다.

세월 앞에 영원한 것은 없다. 시간과 공간 그리고 배경에 따라 젊음도 아름다움도 변한다. 사람들은 자신의 노화 현상을 괴로워하며 약점으로 생각한다. 젊게 보이고 싶다는 일념에서 검은 머리로 염색을 하는 것이 여성의 심리이다. 외국 어느 극장에서 있었다는 이야기가 생각난다. 뒷자리에 앉아 있던 남성 한 사람이 소리 높여 말했다. "나이 든 여성 외에는 모자를 벗어 주시오." 장식이 요란한 모자를 쓰고 앉은 여성 관객들 때문에 무대가 잘 보이지 않았다. 그 순간 장내의 모든 여성이 일제히 모자를 벗었다. 나이 들었다고 표시하고 싶은 여성은 한 사람도 없었을 것이다. 자신이 나이 든 사람임을 나타내고 싶은 여성이 한 사람도 없었다는 점에서 여성들의 심리를 잘 나타낸 에피소드이다.

그러나 나이가 드는 게 나쁜 것만은 아니고 인생에 대해 더 많이 알아 가기 때문에 인생의 해석이 달라지는 좋은 점도 많다. '사람이 그럴 수도 있지' 하며 조금 더 너그러워질 수 있고 기다릴 수 있는 느긋함도 생긴다. 고통이 와도 그것이 지나갈 것을 알게 된다. 내가 틀릴 수도 있다고 생각하며 고정관념도 서서히 달라진다. 인간을 보는 눈이 따뜻해진다. 욕심도 내려놓는 지혜가 생긴다. '나도 한때 그랬지'라고 말할 수 있게 된다. 세월을 살면서 나이값을 하게 된 내적인 성숙이 인간미로 더 해가는 것이다. 이런 좋은 점들은 세월과 함께 시간이 흘러야만 만들어지는 것 같다.

어떻게 늙느냐에 따라 뒤에 오는 사람들에게 나도 저렇게 되고 싶다는 꿈과 희망을 준다. 귀감이 된다는 것은 축복이다.

작가 서머셋 모옴은 인간의 상상력이라는 것은 많은 훈련에 의해 성장함으로 젊었을 때보다 나이 들어 더욱 활발해진다고 했다. 우리 주변에도 고령임에도 나이와 상관없이 활기차게 전문직을 지켜가고 있는 분 , 건강하게 사회활동, 봉사활동을 하시는 분들이 많다. 그들은 자신의 신체적 노화를 정신적 청춘으로 활성화시켜 가며 신체적 노화가 약점이 아니라는 것을 보여 주는 케이스다.

스타는 베일 속에 감추어진 신비스런 존재로서보다 우리와 똑같이 늙어가는 평범한 인간으로 다가왔을 때 더욱 친근감을 느끼게 된다. 오드리 헵번은 은퇴 후 사망할 때까지 유네스코 친선대사로 어린이들에게 아낌없는 사랑을 보여 주는 그녀의 노년에 모습은 인간의 완숙미를 보는 것 같아서 감동적이었다.

패티 김, 오드리 헵번, 그녀들의 모습에서 팽팽했던 아름다움은 사라졌지만 늙어감을 담담히 받아들이며 나이에 맞추어 나다운 특색으로 자신을 표현하는 백발의 아름다움은 곰삭은 술 같은 깊은 맛이 배어 있어 오래오래 가슴에 남는다. 내 안에 감춰진 연륜이 어떤 빛깔, 어떤 무늬를 가졌는지를 고민하게 한다.

세월, 그 노을에

해 질 무렵이면 내 집 앞마당 작은 뜰에 나가 저녁노을을 바라보는 것을 좋아한다. 눈부신 햇살이 넘어가고 해질 무렵이면 느껴지는 고요, 여유, 그 아름다움이 좋아서 노을을 바라보는 것이 습관이 되어 버렸다. 한 점 티 없이 투명하고 고요한 낙조를 바라보고 있노라면 마치 마음의 고향을 찾은 것 같은 느낌에 사로잡히는 매혹의 시간이다.

욕심도 거짓도 없고 순수하고 아름다운 무인지대, 그 노을이 아름다운 까닭은 집착을 버렸기 때문이라고 시인들은 노래한다.

나는 인생의 황혼에 서서 흘려보낸 세월의 나이테를 아쉬움으로 세어보며 노을 속으로 사라진 사랑하는 사람들을 그리워하기도 한다. 노을은 그 끝이 어두움이기에 순간의 영광이 더 강렬한 여운을 남긴다. 인간사 덧없음과 사람이 죽을 때 어떻게 죽어야 하는지 노을이 알려주는 것 같다.

사람이 사람을 만나 이해하고 더불어 사랑하는 것처럼 귀하고 보배스런 일은 없다. 내가 보나기획사의 대표인 이보나 선생을 문학 교실에서 문학으로 만난 인연은 창조적인 귀한 만남이었다. 이보나 선생은 한국 음악계에서 선봉에 오른 음악가로 널리 알려진 분인데 중년에 미국으로 이주한 화려한 이력을 가진 기획사 대표다. 그런 그녀가 나에게 시를 한 편 쓰시면 곡을 부쳐 가곡을 만들겠다는 제의를 해 왔을 때, 내 마음속에 시정이 솟아오르며 맥동을 쳤다.

가곡이란, 각나라 마다 고유한 언어와 음악 그리고 문화가 결합한 민족음악이다. 우리 가곡 역시 우리의 고유한 언어로 정서가 담긴 시에 작곡가들이 곡을 만들어낸 고유한 민족음악이다. 우리 민족의 삶과 정서가 잘 반영되어 희로애락의 섬세한 감정이 묘사되어 주옥같은 가곡들을 모든 국민이 사랑하며 부르는 노래이지 않은가, 그런 가곡을 만들겠다는 그녀의 제안은 내 정신의 희열과 삶에 보람을 느끼게 하는 감동이었다.

나는 그 선물을 감사히 받기 위해 〈세월, 그 노을에〉라는 제목을 달고 아래의 시를 지어 그녀에게 주었다.

잡을 수 없는 세월 구름처럼 흘러가고/ 인생 여정 나그네 초로의 반백 되어/ 힘겹게 살아 온 시간 속 가슴 저린 애환들/ 세상 회오리 들판/ 노을 속에 타고 있네/ 고운 정 미운 정 이어온 애틋한 가슴에/ 해바라기 꽃잎 속에 잠든 그리움/ 이제는 가물가물 멀어진 아득한 기억/ 가슴에 별이 된 그대 바람에 날리네/ 아름다웠던 그 시절 다시 오지 않아도/ 눈부신 선물 하나 남기고 가라 하네/ 끝나지 않은 햇빛 사랑 건네주고/ 나를 비우는 그 시간 살다 가라 하네/ 창밖으로 저만치 사라지는 세월에/ 내 가슴에 밤안개가 내리고 있네.

시는 한국에 계신 작곡가 임긍수 선생님께 전해졌고 임 선생님이 영혼을 울리는 곡을 부쳐 가곡으로 탄생시켜 김민지 성악가의 음성을 타고 유트브에 올려지며 세상에 빛을 보게 되었다. 내 인생 여정에 한 가곡의 가사에 서명을 남기게 된 것이다.

2015년 8월에 작곡가 임긍수 선생님을 모시고 광복 70주년 기념공연으로 '한국 가곡의 밤 「강 건너 봄이 오듯이」'가 천사의 도시 LA에서 보나기획사로 기획으로 열렸다. '한국 가곡의 밤'은 우리 문화 예술과 전통적 문화의 뿌리이고 소중히 지켜나가는 가곡의 이름다움을 후대에 전하고자 하는 의지의 표현이며, 또한 상처와 고통을 어루만져 주는 남북 화해와 우리 모두의 소원인 통일로 이어지기를 염원하는 축제였다. 나는 그 축제에 참석해 작곡가 임 선생님과 감사의 인사를 나누는 영광과 기쁨을 누렸고 〈세월, 그 노을에〉는 그 후에도 몇 성악가들에 의해 불리는 가곡의 대열에 끼게 되었다. 애창되는 가곡이 되기를 바라는 마음은 내 작은 소망이다.

사람에 대한 사랑과 친구의 우정이 단절되어가는 이 시대에 문우의 얼굴을 빛내준 보나 선생은 내게 행복감을 안겨준 잊지 못할 문우이다. 진정 가파르고 험난한 인생 행로에 그 옆에 따스한 눈길을 보내주는 벗이 있다는 것은 지복의 경사임에 틀림없다.

인생 황혼 녘 노을로 살다가 인생의 종점에서 건너지 않을 수 없는 초행길, 요단강을 건널 때, 아름답게 사라지고 싶은 기도가 있다.

흙을 만지며

계절이 바뀐다는 것은 경이로운 일이다. 사계는 놀라운 경물의 변화를 보여 준다. 그것은 우리 육체의 눈을 즐겁게 할 뿐만 아니라 영혼의 세계에까지도 깊이 작용한다.
계절이 바뀔 적마다 어떤 기대로 가슴이 부풀고 마음이 흔들린다. 이것은 어쩌면 내가 파파 할머니가 되어서까지도 계속될 일인지 모른다. 사람은 아무리 그 몸이 노쇠하여도 마음은 항상 청춘이라고 하지 않던가, 다시 돌아온 생명의 봄날은 생명이 소생하듯 우리들 고단한 삶에도 빛과 신명이 넘치게 한다.

올해도 봄은 우리 집 좁은 마당 안에 가득 들어섰다. 꽃샘바람이 이는 주말의 봄날, 수필교실의 P선생에게 받아 두었던 예쁜 사각봉투 안에 들어 있는 씨앗과 꽃씨를 꺼내서 마당의 큰 화분들을 찾아 심는다.

장난감처럼 생긴 꽃삽으로 흙을 파헤치며 덩어리진 갈색 흙덩이를 손으로 한웅큼씩 쥐어 부서뜨리면 흙은 향긋한 냄새를 풍기며 떡가루처럼 곱게 내려앉는다. 그것을 또 손으로 고루 편 다음, 씨앗을 심고 꽃씨를 뿌리는 마음은 고향으로 돌아온 듯 안정감과 휴식을 안겨 준다.

하나님이 흙을 빚어 생명을 불어넣고 사람은 만드셨다고 창세기에 말씀하셨으니 흙에서 나서 흙으로 돌아가는 인간에게 흙은 모태와 같은 것이다.

콘크리트 문명 속에서 사는 현대인들은 좀처럼 흙을 밟기가 어렵고 더욱이 손으로 흙을 만져 볼 기회란 쉽지 않아 자연히 흙냄새를 외면하고 살아간다. 그래서일까, 사람의 머리로 스며들어온 천기가 땅으로 흘러갈 길이 없어서 오늘날 많은 문화병이 생긴다고 한다. 나는 온종일 흙을 만지며 흙으로 해서 행복했던 일들과 슬펐던 지난 일들이 떠올랐다.

어느 해 여행지에서 흙을 만지는 사람들, 흙의 예술가들이 모인 도예인들의 촌을 방문한 적이 있었다. 그때 반죽된 누런 흙덩어리를 내 두 손으로 직접 주무르며 촉촉하고도 매끄러운 흙의 신비로운 감촉에 매료되어 도예가처럼 하나의 작품을 완성해 내는 창작의 기쁨을 경험해보기도 했다. 그러나 결코 흙은 사람에게 기쁨이나 위안만은 주지 않는다.

14여 년 전 4월은 우리 가족들에게는 아프고 잔인한 봄이기도 했다. 오랜 세월 병상에서 투병 생활을 하시던 우리 집 가장인 남편이 가족 곁을 떠나 흙속에 묻히게 된 것이다. 태양이 눈부시게 빛나고 흙 속에서도 훈기가 서리는 아름다운 4월에 그는 죽어서 60여 성상의 아쉬운 한을 품은 채 그가 태어난 흙의 품 안에 안겼다. 그날, 그의 생명이 떠나고 육체가 담긴 나무관이 십자가와 꽃으로 덮이어 땅속에 눕혀졌을 때 사랑하는 육친들은 관례를 따라 차례로 한 삽씩 흙을 떠 그의 관 위에 뿌렸다. 흙으로 돌아간 그의 몸을 흙으로 덮어 준 것이다. 그때의 흙은 슬픔과 아픔을 주는 흙이었다. 그 이래로, 흙은 나에게 또 하나의 의미를 일깨워 주고 있다.

길러 주는 흙, 품어주는 흙, 기쁨과 휴식을 주는 흙, 슬픔과 아픔을 주는 흙, 흙은 생물을 키워 줄 뿐 아니라 사람의 마음을 자라게도 해준다.

어느 시인의 연작시에서 읽은 "도시의 사람들은 흙을 모른다. 다만 땅만 알 뿐이다"라는 한 구절이 있다. 비록 평범한 시구 같지만, 현대문명 속에 사는 도시인들의 탐욕에 찌든 각박한 인심세태를 풍자한 말이라 하겠다. 수백만 평의 땅을 혼자서 소유하고 있다는 사람들에게 혐오감을 느낀다. 어리석은 인간의 욕망이라는 생각 때문이다. 사람이 죽어서 차지하는 땅은 결국 한 평밖에 안 된다는 것을, 나는 분명히 보았고 사람은 누구나 죽는다는 사실이다. 땅을 많이 소유한 사람이 차지할 땅도 한 평이면 족하다. 어리석은 인간의 욕망은 헛된 수고만 남기게 된다. 나 혼자만 잘살면 그만이라는 무지한 욕망 때문에 저지른 부끄러움을 언제가 한 뼘의 흙 속으로 돌아갈 때 깨달을 수 있으리라.

세상에는 큰손이라는 말이 있다. 흙이야말로 신의 큰손이라고 생각한다. 흙은 생명이요, 축복이기 때문이다. 도시 생활 속에서 잠시나마 흙을 생각하고 고마워하는 마음을 가져 보는 때는 씨앗을 심고 꽃씨를 뿌리는 계절이다. 흙을 만지는 동안, 잡념도 사라지니 정신위생에도 더할 나위 없이 좋은 일이다. 이 모든 것이 흙을 만지는 풍성한 기쁨이 아니겠는가.

흙을 만지다 보니 항상 흙을 만지며 사는 사람들이 그립다. 농사를 지으며 흙의 피부를 닮아가는 농부들, 창작을 해내는 흙의 예술가들이다. 그들은 부지런히 묵묵히 열정적으로 일하며 건강한 삶을 산다. 흙을 만지는 사람들의 마음은 소박하고 욕심 없고 따뜻하다. 흙을 사랑하는 사람들의 마음을 배우며, 나도 그런 사람이 되고 싶은 봄날이다.

괜찮아

은빛 천사의 마음

아름다운 미모를 가진 사람은 보는 이의 눈에 기쁨을 주고 아름다운 마음씨를 지닌 사람은 보는 이의 영혼에 기쁨을 준다. 살아가면서 영혼에 기쁨을 주는 사람을 만나 가슴이 뜨거워지는 감동의 순간을 갖게 된다는 것은 얼마나 귀한 일인지 모른다.

며칠 전 복용하는 약을 주문했었는데 약을 찾아가라는 연락을 받고 약방에 갔던 날이었다.

약을 찾고 몇 가지 필요한 물건이 있어 마켓에 들렀다. 필요한 물건을 골라 카트에 싣고 계산대 앞으로 갔었을 때, 계산을 하려는 사람들로 긴 줄을 이루고 있었다. 나도 그 줄에 끼어 내 차례를 기다리고 있었고, 드디어 내 차례가 되어 계산했다.

계산한 금액이 내가 가진 돈에서 2불이 모자랐다. 난처한 순간이었다. 돈이 부족하니 산 물건 중에 어떤 것을 빼야겠다고 했더니 그러라고 하면서 계산하던 남자가 물건을 빼려할 때 갑자기 내 등 뒤에서 "노(no)"라는 여자의 소리가 들렸고 2불이 계산원의 손에 전해졌다. 돌아보니 흑인 여인이

었다. 번개처럼 날아온 감동에 잠시 나는 말을 잃고 서 있었
다. 그녀의 계산이 끝나기를 기다려 고맙다는 인사를 하며
주소를 알려주면 우편으로 대신 지불해 준 돈을 보내겠다고
했다. 그녀는 환히 웃으면서 "No, no"를 연거푸 말하며 "오
늘 너처럼 돈이 부족한 사람이 있을 때, 그때 그 2불을 써
요."라면서 바이(bye)를 하며 뒤도 안 돌아보며 가는 것이
아닌가.

나는 한참 서서 그 여인의 뒷모습을 바라보았다. 우리가
살아가는 동안 여러 경우에 은혜를 입는다. 오늘 내게 은혜
를 베푼 저 여인도 도움의 은빛 천사라는 생각이 들었다.

돈은 누구에게나 필요하면서도 늘 충분하지 못해 결핍을
실감할 수밖에 없는 것이 우리네 현실이기에 각박하게 돌아
가는 세상인심 속에서 사람들은 자신의 일 외에는 다른 사
람의 일에는 관심을 가질 여유 없이 산다. 특히 인정사정도
없고 의리도 없는 것이 돈이다. 다른 사람의 단돈 1불이라
도 내 주머니로 옮기기 위해 최선의 노력을 한다.

지난 시간 속에 잊을 수 없는 감동의 순간이 있다. 수술을
앞두고 수술비 걱정을 하는 딱한 지인에게 거금의 돈을 선
뜻 내주던 한 여인의 모습이 오래도록 마음에 남아 떠나지
않는다. 그 여인과 흑인 여자, 그들은 보이지 않는 곳, 숨은
도움의 천사들이었고, 크고 작은 배려를 실천하는 사람들로
밝은 빛을 비춰주는 천사의 거룩한 행위였다. 길에서 생활
하는 한 노숙자가 자기가 얻은 빵을 다른 노숙자에게 반쪽

을 나누어 주며 같이 먹는 훈훈한 광경을 본 적이 있다. 그 것은 이 세상에 나누어 가질 것이 없어서 못 나누어 갖는 사람은 아무도 없다는 것을 일깨워 준 장면이었다. 어려울 때, 더불어 살아남을 수 있는 지혜는 배려와 역지사지의 마음이라는 가르침을 준다.

진실한 것, 착한 것, 아름다운 것은 사람을 감동케 한다. 감동은 인생을 풍요롭게 하고 멋있고 아름다운 세상을 만든다. 감동하면 사람은 무엇인가 하지 않고는 배기지 못한다. 흑인 여인에게 은혜를 입은 이후, 나는 그 여인의 뜻을 따르기 위해 지갑에 2불짜리 현금 한 장을 꼭 넣고 다닌다.

내 인생 여정에서 한 번쯤은 누군가의 도움을 주는 은빛 천사의 마음이 되어 영혼에 기쁨을 주는 존재이고 싶어서이다.

괜찮아

가장 정다운 말, 가장 듣기 좋은 말이 무엇인가를 모 신문사에서 설문조사 했는데, 그중 1순위가 '힘내'라는 말이었다고 한다.

'힘내'라는 말을 들었을 때 가장 많은 정을 느끼는, 정다운 말이라고 남녀노소가 응답한 것이다. 또 '어디 아프니?' '수고했다' '밥은 먹었니' '고맙다' '최고야' '사랑해' 등의 말이 응답이 많았다는 기사를 흥미롭게 읽었다.

일상에서 사용하는 수많은 언어 중에서 가장 정다운 말로 '힘내'라는 말이 1순위로 뽑혔다니 그 의미는 그만큼 산다는 것이 고되고, 아프고, 외롭고, 힘들어서 주저앉고 싶은 실의와 좌절에 빠지는 나약한 존재가 우리네 인간이기에 새 힘을 얻기 위해 누군가의 위로와 격려가 필요함을 뜻하는 것이다.

말속에는 사람을 살리는 말과 죽이는 말이 있다. 공격하고 상처 주고 비판하며 헐뜯는 말은 사람을 죽이는 말이나 '힘내'처럼 용기를 주는 말은 주저앉은 영혼이 얼음 사이를 뚫고 솟아오르는 봄날의 새싹처럼 심장을 뛰게 하는 분발력을 갖게 하는 말이다.

시각장애인이면서 재벌 사업가로 알려진 미국의 톰 설리번은 자기 인생을 바꾼 말은 딱 세 단어 "Want to play?(함께 놀래)"라고 한다. 어렸을 때 실명하고 절망과 좌절감에 빠져 고립된 생활을 할 때 옆집에 새로 이사 온 아이가 그렇게 말했다고 한다. 그 말이야말로 자기가 다시 세상 밖으로 나올 수 있는 계기가 되었다고 어느 책에선가 읽은 적이 있다. '함께 놀래?'라는 말은 사람을 살리는 따뜻한 말이었다.

'어디 아프니?' '수고했다' '밥은 먹었니' '고맙다' '최고야' '사랑해' 순위에 꼽힌 말들은 맑은 샘물 같은 말들이다. 심정을 따뜻하게 하고, 신나고 가슴 뿌듯한 말들이며, 감미로운 음악과 같은 정다운 말들로 우리의 폐부를 찌르는 말들이다.

내가 좋아하는 언어는 손녀가 하는 말 가운데 '괜찮아, 괜찮아' 하는 말이다. 나는 이 말을 들으면 왠지 가슴이 찡해진다. 제 어미가 직업을 갖고 있어 할머니와 함께 하는 시간 속에서 절로 한국 말을 서툴게나마 배워 일상의 일들을 불편 없이 나와 소통을하니 기특하고 고맙다.

손녀와 함께 하는 시간은 가장 평안한 마음으로 노년의 인생에 평화의 꽃을 피우는 시간이고 쓸쓸한 이 세상에 정을 붙이게 만들어 준다시던 어머니, 할머니와 나누는 대화에 손녀는 늘 '괜찮아'라는 말로 대답을 해준다. '좀 더 줄까' 하고 물으면 "아니, 괜찮아. 할머니 먹어" 한다. 나눔과 베품의 말이다.

"할머니 오늘 친구하고 약속이 있어 외출하는데 어떡하지?"라고 하면 "괜찮아, 할머니 잘 갔다 와."라고 하셨는데 이해의 말이다. 때때로 영어로 대화를 나눌 때 얼른 내 말을 알아듣지 못하는 손녀에게 "미안해, 할머니 발음이 좋지 않아서."라면 "괜찮아 걱정하지 마, 나 알아들어."라고 하셨는데 용기를 북돋아 주는 말이다. 감기라도 들어 힘들어하면 "할머니 많이 아파? 내가 기도했으니 괜찮아질 거야. 조금만 참아."라는 위로의 말이다. "친구 없어 심심해서 어떡하니?"라는 손녀의 걱정의 말에 "괜찮아 나중에 친구 만들면 돼."라고 하셨다. 희망의 말이다. "할머니 실수로 네가 좋아하는 주스 컵을 깨어 너무 미안해" 하면 "괜찮아. 할머니 안 다쳤어?"라는, 용서의 말이다. 어린아이지만 마음을 대하여 보면 깜짝 놀랄 정도로 속이 하해처럼 트여있는 아이다. 손녀가 노상 하는 '괜찮아' '괜찮아'라는 말은 언제 들어도 마음을 평안케 해주며 가슴에 감동을 주는 고운 말이다.

미국 경제가 불황이라고 주위 사람들은 탄식한다. 세상사 뜻대로 되는 기쁨보다 뜻대로 되지 않는 안타까움이 더 많은 것이 우리의 현실이다. 힘든 여건에서 산다기보다 그냥 버티고 있는 걸로 생각들 한다. 그러나 사람은 언제까지나 행복하지도 불행하지도 않다. 행복과 불행 사이를 오가며 산다. 앞으로 나갔던 그네는 곧 뒤로 물러서게 되고, 뒤로 물러섰던 그네는 곧 앞으로 다시 물러나게 된다.

인생의 기쁨과 슬픔, 행복과 불행도 바로 이처럼 한곳에 오래 머물러 있지 않는다. 오래 머물러 있지 않기에 인생은 영원히 행복하지도 않고 영원히 불행하지도 않다. 언제나 행복과 불행은 순간적인 것이다.

'괜찮아! 괜찮아!' '힘내!' '조금만 참아, 곧 좋아질 거야.'라는 정다운 말을 서로 서로에게 건넬 때 어떤 불황이든 견디어 내지 않으면 안 되는 강한 힘이 생기는 것이다. 또한 어떤 역경도 헤쳐나가게 하는 인생살이의 보람된 말이 아니겠는가.

나도풍란

어느 해 한국을 방문했을 때, 난을 재배하는 곳에 들른 적이 있었다. 나무등걸 모양의 기둥 같은 곳에 착생되어 피어난 하얀 꽃을 보는 순간 그 유명한 풍란이라는 것을 알았고, "아! 이것이 풍란이죠" 하며 반가운 친구를 만난 듯이 가까이 다가갔다. 그러자 주인은 웃으면서 "그건, 풍란이 아닌데요. 풍란 비슷한 것이죠."라고 말하는 게 아닌가.

"꼭 풍란 같은데요."

"아, 그건 '나도풍란'이라는 것이죠. 풍란과 거의 비슷한데 잎이 약간 커요. 풍란은 잎이 작고 더 가느다란 소엽인데, 나도풍란은 잎이 대엽이고 꽃은 에델바이스처럼 그냥 투명한 흰색인데 풍란은 유백색이고, 큰 차이는 없지만, 그래도 '나도풍란'일 뿐, 진짜 풍란과는 구별되어야 하지요."

주인이 자세히 설명해 주었다.

'나도풍란'이라는 난을 들여다보며 누가 이런 이름을 붙였을까. 풍란이면 풍란이고 아니면 아니지 '나도풍란'이라는 이름을 가진 이상, 이 난은 독창적인 자기 것은 없고 가짜 풍란으로 행세해야 한다. 차라리 초라하더라도 독립적인 자기 이름을 당당히 가졌더라면 그 꽃은 더 빛나 보이지 않았을까 측은했다.

처음 볼 때, 그토록 고결하고 아름답게 보였던 꽃이 '나도풍란'이라는 이름을 듣는 순간 이상하게도 평가절하되고, 풍란이라는 고고한 것을 동경하며 모방하려는 허영심에 찬 이류 난초로 보이는 것은 무엇이었을까. 그것은 '나도 무엇이다'라고 자기를 좀 과대주장, 과대 광고하는 아이러니 같아 보인 안타까움이었을 것이다.

'나도풍란' 의식이 어찌 식물에만 있겠는가. 사람들 사이에도 모방심리가 범람하는 시대다. 특히 21세기의 특징 중 하나가 가짜의 성행이라고 하니 더욱 '나도풍란'은 대중화되고 있다. 우리가 사는 사회에, 정치계, 종교계, 예술계, 문학계에도 시작이면서 마치 달인이나 된 것처럼 '나도풍란'이라고 거들먹거리는 속성심리를 가진 사람들이 판을 친다. 그런 속성심리가 자기 분수를 정확히 알지 못하게 하고 있다.

때때로 예술에 대한 평을 읽게 될 때 심사위원이나 평론가들은 글에 개성이 없다는 말을 한다. 작품은 좋은데 개성이 없어 낙선 운운하는 것이다. 미술, 음악, 무용, 문학 등 창작을 요구하는 모든 분야에는 작품의 독특한 개성론이 등장하는 것이다.

개성, 중요한 것이다. 모든 창의적 활동엔 자기다운 개성이 있어야 하는데, 요즘 사회는 '나도풍란'이라는 시류를 타며 개성시대라고는 하면서 개성을 죽이고 있다. 자기가 없어져 가는 것이다. 대중 사회에서 남과 다르기란 여간 힘들지 않다. 남과 다르다는 것은 곧 열등한 것으로 생각되기 때문에 남이 하는데 나라고 빠질 수 없다는 부화뇌동의 작태가 등장한다.

모파상의 〈목걸이〉이라는 단편소설이 생각난다. 마틸드는 부유한 친구에게서 빌린 가짜 진주목걸이를 진짜로 알았기에 그녀의 나머지 인생을 망쳐버렸다. 빚을 갚기 위해서 죽어라 고생하고 힘든 노동을 견뎌야 했는데 결국 그것이 모조품 보석을 위한 것이었다는 것이 밝혀졌을 때 그녀는 얼마나 억울했겠는가. 풍란보다 나도풍란이 더 힘든 것이다.

그러니 '나도풍란'이 되려고 하지 말자. 풍란이 아니더라도, 고고한 난이 아니더라도 자기에 알맞은 자기 이름으로 피어나기 위해 노력하는 것이 더욱 의미 있고 소중하다.

'나도풍란'이란 난초의 이름은 나에게 많은 것을 생각하게 한다. 자신을 돌아보며 '나도풍란'이란 의식 속에 위장하며 살아온 것이 아닐까 깊이 고민해봐야 내 분수를 찾을 수 있을 것 같다." '나도풍란'이란 의식에서 탈피할 때 개성이 분명해진다.

많은 것들 가운데 하나가 되기보다는 나 하나의 나가 되려는 자기다움을 가꿀 수 있는 고집이 있을 때, 자기답게 살수 있을 것이다. 억지로 꾸며 뭔가를 보여 주려 하다간 이도저도 아닌 내가 되어 진정한 나의 모습은 영원히 발견하지 못한 채 살아가게 될 것이 아니겠는가.

종이 위에 쓰는 편지

사계절 중에서도 가장 유정해지는 계절이 가을이다. 가을이 오면 그리움이 더욱 간절해지며, 따뜻하고 다정한 사연을 담아 누군가에게 편지를 보내고 싶어진다.

현대는 편지가 죽어버린 시대라고들 한다. 고도산업 사회의 문명권에 접어든 후, 이메일이나 트위터, 페이스북 등의 소셜네트워크가 이미 우리 생활을 점령했기 때문이다. 세련된 현대인들에게는 번개처럼 날아가는 이메일로 편지를 대신하는 시대다 보니 편지글을 종이에 쓰는 일은 일상에서 점점 어려워지고 있다.

그리운 사람을 생각하며 쓴 편지를 들고 우체통으로 향하던 낭만은 옛일이 되었고 아름다운 것 중에 잃어버린 것의 하나가 육필로 쓴 편지이다.

편지를 받을 때는 희망이요, 읽고 나면 실망이라는 말도 있지만, 편지는 받으면 우선 반갑다. 느낌만으로도 보낸 이와 대화가 시작되는 것 같기 때문이다. 막상 읽고 나면 미진한 마음, 제한된 지면에서 오는 아쉬움, 슬픔을 전하는 안타까움, 마주 앉아 오래오래 나누는 이야기만큼 흡족하지 않은 허전함이 안겨 오긴 하나 편지를 쓰면서 상대방을 생각하고 있었을 시간의 소중함에 가슴이 뜨거워진다.

쓰기에 따라서 읽는 사람의 영혼까지도 끌어안는 농밀한 편지가 될 수도 있다. 훈훈한 정에 끌려 혼자 있어도 혼자가 아님을 절감하기도 한다. 그래서 우리는 밤을 새워서 편지를 쓸 수 있으며 받은 편지를 소중히 간직하기도 한다.

편지는 그리움이며 외로운 영혼의 언어 전달이다. 그립고 보고 싶은데, 쉽게 만날 수 없으니 더욱더 애타는 그리움을 전하는 편지, 밤이 깊도록 써 내려간 외로운 가슴속의 사연들이 백지 위에 절절히 흘러나오는 편지, 사각봉투에 정성껏 붙인 우표 한 장에 아름다움이 있다. 그렇듯 편지에는 나만의 아름다운 비밀이며 외로운 밤의 서정시이며 편지를 받는 대상과 단둘이 나누는 사랑의 신비한 호흡이 있다. 편지는 '하나의 비밀 결사를 맺는 것'이라고 시인 정현종은 말했는데, 바로 그 외로움 때문에 우표는 바다를 건너 산맥을 넘어 오늘도 우리의 하늘 위로 마치 손짓처럼 떠돌고 있는 것이 아닐까 싶다.

사랑하는 것은/ 사랑을 받느니보다 행복하나니
오늘도 나는/ 에메랄드빛 하늘이 환히 내다보이는
우체국 창문 앞에서/ 너에게 편지를 쓴다.
　　　　　　　　　　　　　　－유치환 시 〈행복〉 중에서

편지를 쓰는 사람은 언제나 사랑받는 사람보다는 사랑하는 사람일 것이다. 편지를 받는 사람보다는 편지를 쓰는 사람이 훨씬 더 사랑의 행복에 가까운 사람이다. 머잖아 가을이 밀려나고 겨울이 성큼 다가오면 더 세상은 적막하고 쓸쓸해지리라.

가을이 가기 전에, 나는 종이 위에 쓴 감미롭고, 인간애의 향기가 풍겨나는 한 통의 편지를 읽고 싶다. 그러려면 내가 먼저 사랑의 편지를 써야 하리라. 고요한 가을밤에 쓰는 사랑의 편지, 참으로 운치 있는 일일 것이며. 잊혀진 추억을 되살려 향수에 젖어보는 순간이 될 것이다.

아직도 너를 사랑한다는 문구가 들어있는 종이 위에 쓴 육필 편지를 손에 들고 코스모스 피어있는 집을 지나 우체통으로 향하는 행복을 이 가을에 맛볼 것이다.

독서와 유대인

내가 사는 동네에는 '한남마켓'이라는 대형 한국 마켓이 있다. 그 마켓 안에는 은행, 떡집, 음식점, 제과점, 약방, 보석가게, 비디오 가게 등등 상점들이 자리 잡고 있다. 식료품을 쇼핑하면서 필요한 다른 물건들까지 구입할 수 있는 편리함 때문에 많은 쇼핑객이 찾는 곳이다.

그런데 이곳 상점 중에서 불경기를 모르는 곳이 비디오 가게로 사철 문전성시다. 비디오 가게를 출입하는 손님들은 주말이면 한 보따리씩 비디오를 안고 나오고, 또 들어가곤 한다. 때때로 그곳에서 동네 사람을 만나 인사를 나눈다. 그때마다 듣는 이야기는 한결같다.

"한국 비디오 보는 재미가 없으면 무슨 재미로 살겠느냐. 비디오 보는 재미로 심심하지 않고 외롭지 않다."라고들 한다. 사람들은 삶의 생기를 이 한국 비디오가 불어넣어 주고 있는 것이다. 이런 손님들을 향해 약은 주인은 새로 나온 비디오를 맛배기로 준다면서 항상 공짜로 준다. 하나를 주고 열을 거두는 상술에 사람들은 붙박이 장롱처럼 단골손님이 되어 매상을 올려 준다.

한류에 매료된 사람들에게 빼놓을 수 없는 것이 한국 드라마이다. 교포사회에서도 한국 드라마가 뜨고 있으니 아마 한국 비디오가 사라진다면 가장 타격을 받는 사람들이 미국에 사는 교포들이 아니겠나 싶다.

나도 힐링에 관한 프로그램, 청소년들 프로그램, 병원이나 의사들에 관한 드라마, 사극, 가요무대 등 몇 편의 비디오를 보고 있는데 때로는 가요무대를 보면서 그리움에 또 노래 가사에 감동되어 눈물까지 흘리며 본다. 가끔은 모든 생각을 끊고 비디오를 보며 지낸다. 요즈음 유행하는 말로 '폐인'이 되는 것도 잠깐이라는 생각이 든다. 비디오 폐인 말이다.

가을이다. 가을은 사색과 독서의 계절이라고 한다. 독서는 아무 계절에나 할 수 있지만, 뜨거운 여름이나 겨울에 책을 읽는 모습보다는 낙엽 지는 가을에 벤치에 앉아 책을 읽는 모습이 더 멋이 있다.

세계에서 가장 독서를 많이 하는 민족은 유대인이라고 한다. 유대인의 독서 전통은 어제오늘 이루어진 일이 아니다. 유대인의 탈무드에는 "책과 양복이 더러워졌을 때 책부터 닦아라. 책이 없는 집은 영혼이 없는 몸과 같다. 생활이 궁핍하면 금, 은 보석을 제일 먼저 팔고 그래도 궁핍하면 집을 팔고, 다음에 땅을 팔아라. 그러나 아무리 궁핍해도 책을 팔면 안 되느니라. 책을 안 읽는 사람은 헤엄칠 줄 모르면서 헤엄칠 줄 아는 척하는 사람이다. 위기가 닥치면 그는 곤란에 처할 것이다." 등 독서에 관한 수많은 경구가 기록되어 있다.

일찍이 소크라테스도 남의 책을 많이 읽으면 남이 고생한 것을 가지고 쉽게 자기 개선을 할 수 있다고 했고 영국의 철학자 프랜시스 베이컨은 독서는 즐거움을 돕고 사교 모임에서는 장식용도 되며, 무엇보다도 자신의 능력을 기르는 데 도움이 된다고 했다. 그런가 하면 임어당은 평소에 독서하지 않은 사람은 시간적으로나 공간적으로 자기만의 세계에 감금되어 있다고 했다.

독서, 책을 읽는다는 것은 책을 읽음으로써 더욱 지혜와 지식이 풍부해지고, 자기 정신세계의 확대와 삶의 질에 영향을 주는 유익한 행위이다. 직접체험과 간접체험을 통해서 인생을 배운다고 해도 독서를 통한 경험 분량의 확대를 따라갈 수 없는 것이다.

언젠가 아는 분들과 식사하면서 최근 한인 타운에서 연속적으로 일어나는 강력범죄에 대해 염려의 말들을 나누었다. 그때 한 분의 말씀이 "강력범죄는 책을 읽지 않고 온갖 비디오를 보는 데서 오는 결과이다. 비디오 문화가 사람들에게 악영양을 많이 미치는 시대이다."라고 한탄하면서 범죄자들을 조사하면 성장 과정에서 부모가 책을 읽는 모습을 본 적이 없어 책을 읽지 않는 공통점이 있다고 해서 놀란 적이 있다.

사람은 인생관이 병들면 모든 것이 병들게 되어 있다. 도

둑이 하루종일 생각하는 것은 남의 집 담을 넘을 궁리일 것이다. 그러나 책을 읽는 어린이는 책을 읽으며 세상의 온갖 신비한 꿈과 이야기들을 만나게 되고 언젠가는 자신이 꿈꾸는 세상으로 한 걸음 한 걸음 나아가며 미래를 창조하는 사람이 된다.

책을 사랑하는 사람과 책을 무시하는 사람들의 차이가 무엇일까? 칼로 세상을 무릎 꿇게 한 칭기즈칸의 후예와 책을 사랑한 유대인들의 후예는 오늘날 어찌 되었는가? 한 번쯤 진지하게 사색해 볼 일이다.

나뭇잎들이 나날이 현란한 옷을 갈아입는 단풍의 계절, 독서의 계절이다. 서점에서 책을 고르고 있는 사람은 얼마나 믿음직한가. 쇼핑 길에 자녀와 함께 책을 고르는 주부의 모습은 얼마나 아름답고 훈훈한가. 어른과 어린이들이 책의 세계로 더 가까이 가는 불길로 사로잡히는 이 가을이기를 바래본다.

멋에 대하여

이른 봄, 나는 서울 도심에서 조금 벗어난 외곽지대 수지라는 지역에서 거처하고 있었다. 그곳에서 시내로 외출을 할 때는 일반대중 교통으로 버스를 이용하곤 했다.

그날도 버스에서 내려 숙소로 돌아가는 길이었는데 청년 서너 명이 길가에 서서 담배를 피우며 얘기들을 나누고 있었다. 내가 그들 앞을 지나치는데 그 청년들이 "할머니~" 하고 부르기에 나는 걸음을 멈추고 "나 말이에요?" 하고 응답을 했다. 그러자 청년들은 엄지손을 위로 올리며 "할머니 멋쟁이세요. 참 멋이 있으세요." 하는 것이 아닌가. 뜻밖의 듣는 찬사에 "아, 네 감사합니다."라는 인사를 남기고 돌아서 길을 걷는데 왠지 활기찬 걸음에 미소가 번졌다. 칭찬은 고래도 춤추게 한다더니 나는 청년들 칭찬에 고래가 되어 춤을 추고 있었다.

남녀 불구하고 사람들은 세상을 살면서 멋있고 매력적인 사람이 되기를 원한다. 모든 이에게 좋은 인상을 주고 사랑받기를 원한다. 멋이란 말은 우리 일상생활 속에서 많이 쓰는 말이며 우리는 직감으로 그 뜻을 이해하고 있다. 그러나

멋의 정확한 의미가 무엇이냐는 물음에 부닥치면 얼른 정답이 이것이다 하고 내놓지 못한다.

사전에는 '멋'이란 순수한 우리말로 태도나 차림 등에서 풍기는 세련된 기품, 격에 어울리는 운치 있는 맛, 흥취를 자아내는 재미스런 맛 등으로 풀이해 주고 있다. 멋, 그것을 다른 말로 옮기기에는 독특한 뜻을 함축하고 있다는 색다른 개념이 있다.

멋이라는 말속에는 보이는 겉멋과 보이지 않은 속멋이 있는데 이 두 멋은 풍부한 뜻이 있다고 느껴진다. 풍부한 뜻을 가지고 있다는 것은 멋이란 단어가 그만큼 다양하게 쓰이고 있다는 사실에 근거를 둔 것이다.

일류호텔 로비나 번화한 거리, 고급 레스토랑이나 찻집에 가면 멋진 몸매에 멋있는 차림을 한 사람들을 흔히 만난다. 최신 패션 따라 착용한 의상도 멋이 있고 매너도 멋지다. 쏟아지는 온갖 잡지에 광고에서도 온통 멋있고 근사한 사람들을 무더기로 만나게 된다. 이런 멋은 외형의 멋, 즉 겉멋이다.

청년들 역시 보이는 내 겉멋만을 보고 찬사를 보낸 것이다. 분명 고령의 할머니인데 진 바지에 청자켓, 노란 머리에 선글라스를 낀 할머니, 보통 할머니라는 이미지의 모습과는 좀 다른 차림의 내 모습이 그들의 눈길을 끌었던 것이 아닌가 싶다.

나의 겉멋 차림은 유행과 명품에는 별 관심이 없다. 남의 눈을 별로 의식하지 않은 일에서 시작하나 타인에게 불쾌감이나 혐오감을 주는 겉멋이 되지 않기를 신경은 쓴다. 멋이란 내 마음속에 있는 것이지 남이 나를 어떻게 봐주느냐에 있는 것은 아니라는 생각에서 내게 부담이 없고 활동하기 편하고 자연스럽게 내 몸에 잘 어울리는 것을 선택하는 개성적인 편이다.

지인이 혼처가 나서 선을 보게 되었다는 얘기를 듣고 그 여인과 결혼하게 되었느냐고 물었더니 갖출 조건은 다 갖추었는데, 한 가지 중요한 것이 빠진 것 같아 그만두었다고 했다. 중요한 것이 무엇이냐고 했더니 세련된 겉멋에 비해 속멋이 너무 궁핍한 사람 같은 느낌이 들어 거절했다는 뜻밖에 말을 들었다. 속멋, 인간의 가장 깊은 곳에서 우러나는 인품의 멋, 가장 고귀한 정신의 멋, 무형의 멋이 없었다는 얘기였다.

속멋이란, 감추어져 있는 정신세계의 풍요로움과 인간미를 말하는 것이다. 속멋은 오직 본인이 갈고 닦는 마음의 노력이 그 삶 내면에서 발하는 빛일 것이다.

이토록 멋에는 겉멋과 속멋이 있어 어떤 멋을 더 많이 자기 것으로 만들어 그 멋을 풍기냐에 따라서 그 사람의 가치가 평가받게 되고 그 멋이 사람을 끌게 한다. 요즈음 사람들은 멋을 알고 또 멋있는 사람을 만나고 싶어 한다. 어느 한쪽에만 치우친 멋보다는 양쪽 멋을 지닌 사람을, 겉과 속의 멋에 조화를 이룬 사람을 참으로 멋있는 사람으로 평가하며 만나고 싶어 하고 또 사귀고 싶어 한다.

겉멋의 아름다움은 잠시 사람의 눈을 즐겁게 하고 세월 따라 사라지는 멋이고 속멋은 사람의 마음을 즐겁게 하며 세월 따라 그 아름다움이 풍성하여 사람들 가슴에 남는 멋이다.

나는 어떤 멋을 지닌 사람인가. 겉멋에만 치중한 멋을 가진 사람이 아닌가 아니면 속멋도 가진 사람인가. 겉과 속, 두 멋에 조화를 이룬 참 멋을 가진 사람인가 깊이 생각하게 한다. 참멋은 남에게 호감과 기쁨을 줄 뿐만 아니라 내 삶에도 자신을 가지고 살아갈 수 있는 멋이며 사회의 조화까지도 염두에 두는 멋이기 때문이다.

백조와 흑조 사이

오래전에 어느 교수님의 강의를 들은 적이 있다. 그때 교수님은 속도, 해체, 가짜 문화가 21세기의 특징이 될 것이라는 내용의 강의를 하셨다. 요즘 돌아가는 사회현상을 보며 그 강의 내용이 오늘의 현실에 적중하고 있다는 생각이 든다.

속도, 눈 깜빡할 사이 빠르게 지나간다. 특히 지금은 세계가 벽을 허무는 시대로 사회현상은 해체라는 단어와 융합이라는 말에 귀결되고 있다. 서로 융합하고 아우르며 교감하는 것이 글로벌 시대에 맞는 본령이라는 것이다. 시대가 변하는 시점에서 옛것만 고집하는 것은 세계화의 흐름을 막는 일이 되는 것이고, 기존의 것이 지니고 있던 고유한 경계를 해체함으로써 다양한 가치와 그로 인한 존재의 의미를 확대하고자 불기 시작한 바람인 것이다. 그러나 사라져 가는 것들은 아름답게, 정답게 보이며 그리움을 자아내는 것 같은 느낌으로 애절한 정감을 줄 때가 많다.

이 시대에는 새롭고 희망적인 반갑고 기쁜 소식보다 가짜

뉴스, 진실이 왜곡된 거짓 이야기들이 무성하며 세상이 온통 시끄럽다. 누구의 어떤 이야기가 진실인지 오직 하늘만 알 뿐, 아무도 그 진실은 모른다. 삶의 일부처럼 느껴지는 가짜문화가 강한 시대이기 때문이다.

오랜만에 안부인사를 나누는 중에 내가 여성 작가에게 근래에는 왜 글을 발표하지 않으시냐고 물음에 "문학과 사랑이 절대적 가치라고 생각했던 것도 지나고 보니 그게 아니었다는 것을 알게 되었다. 평생 글을 쓰며 그 글에 진실을 담아야 한다고 생각했는데, 요즘 발표되는 글들에는 진실 사이에 괴리감이 있음을 알게 되어 삶과 일치하지 않은 언어놀음이 싫어졌다."라고 하였다.

우리는 살다보면 기존의 믿음이 깨어지고 새로운 깨우침을 얻는 일이 무시로 일어나는 것 같다.

사람 중 어떤 이들은 관계 속에서 자신의 가치를 높이고 인정받기 위해 거짓말을 꾸며내 유포하며 다른 사람의 가치를 깔아뭉개는 인격살인을 서슴없이 자행한다. 존재의 인물을 비존재의 인물로 바꿔치기하며 자신을 합리화한다. 사람이 지어내는 거짓 이야기가 끼치는 영향력과 파괴력은 대단한 것이기에 관계를 멀어지게도 하고 끊어놓기도 한다.

요즈음 사회에서 벌어지고 있는 여러 가짜문화를 보면 공명조가 떠오른다. 히말라야 설산에 산다는 전설 속의 새, 공명조는 몸은 하나인데 머리가 둘이다. 머리가 둘이다 보니 생각도 둘이어서 선과 악을 반복하며 때로는 백조가 되기도 하고 때로는 흑조가 되어 백조와 흑조 사이를 오고 간다. 지금 이 세상에는 공명조와 같이 몸은 하나인데 머리가 두 개인 사람들이 꽤 있다. 악을 행하는 흑조 같은 사람들에게 상처를 입은 사람들은 아무리 동여매고 싸매도 가슴 시린 아픔으로 패닉 상태에 빠지게 된다.

선을 행하는 백조 같은 사람들이 승리하는 것을 목격하며 산다는 것을 행복한 일이겠으나, 선과 악의 대결에서 선이 꼭 승리한다는 보장은 없다. 선이 악에 패하는 경우가 너무 많은 것이 세상의 법칙이고 현실이다. 〈아마데우스〉라는 영화에서도 악이 선을 이기는 장면을 본다. 모차르트의 천재성에 질투를 느낀 궁정음악관 살리에르는 결국 모차르트를 죽게 하는 데 성공하지 않던가.

가짜문화가 판을 치며 기승을 부리는 이 시대에서 가짜정보나 거짓(가짜)말을 예술 작품처럼 만들어내어 사람들의 마음을 미혹시키는 흑조 같은 사람들, 이들이 받아야 하는 최고의 형벌은 그가 진실을 이야기할 때, 아무도 그들을 믿지 않는다는 것이고, 시간이 지나면서 절로 고독한 신세가 된다는 것이다.

사라지는 것에 대한 단상

여행은 출발했던 곳으로 다시 돌아옴으로써 완성된다고 한다. 나는 두 달 동안 집을 떠나 생활공간을 바꾸며 길을 따라 날개가 달린 듯 날아다니며 새로운 것들과 만나며 이곳저곳 세상 구경을 하고서 무사히 집으로 돌아왔으니 나의 여행은 완성된 것이다.

여행하면서 아름답고 황홀한 자연의 풍경들을 원 없이 보았고 끊임없이 변화하는 세상사도 보았다. 도시가 그렇고, 건물들이 그랬고 생활용품, 생활 전통이나 생활양식도 그랬다. 또한 전에는 여성들만의 전용물이던 장식품들을 지금은 남성들도 애용하고 색깔로 물들인 헤어스타일, 소녀처럼 긴 머리를 바람에 날리며 거리를 활보하는 남성들의 모습도 이색적이었다. 그런가 하면 젊은 세대들은 앉으나 서나 손에 쥔 핸드폰에서 잠시도 눈을 떼지 않고 있어 옆에 사람과는 눈을 마주치지도 않아 인간적 체취를 느낄 수 없었다. 예전에는 모르는 사람끼리도 한 공간 안이나 곁에 있으면 눈인사를 교환하던 시절과는 아주 다른 현상이었다.

지금 세계는 벽을 허무는 시대다. 사회현상은 일정한 틀이나 사고를 깨는 해체라는 단어에 모든 것이 귀결된다. 시대가 변하는 시점에서 옛것을 고집하는 것은 세계화의 흐름을 막는 일이 되고 기존의 것이 지니고 있던 고유한 경계를 해체함으로써 다양한 가치와 그로 인한 존재의 의미를 확대하고자 불기 시작한 열풍인 것이다.

그러나 사라져가는 것은 더욱 아름답게, 더욱 정답게 보이며 그리움을 자아내며 애절한 정감을 줄 때가 많다. 정답던 사람들이 그렇고 사랑하던 물건들이 그렇고 익숙하던 정경들이 그렇다.

골동품이 왜 소중할까. 옛날이라는 시간 안에 역사가 묻어 있기 때문이다. 그곳에 오랜 세월이 붙어 있어서 옛날의 문화가 전해 내려오기 때문이다. 소중한 것들이 해체니 개발이란 이름으로 하루아침에 옛 모습들이 마구 없어져 가는 것들을 여행길에서 목격하는 것은 쓸쓸한 일이었다. 세상 다반사가 만났다 헤어지기 마련이지만 헤어져 떠나는 것들, 소멸해 가는 것들은 늘 그리움으로 남는다. 인생만사가 영원이라는 것은 없고 무상으로 이어지는 시간의 공간이다. 우리 인간들은 아쉬움을 가지면서 끊임없는 변화의 세상을 살아가야 한다.

유럽을 여행하며 눈에 띄는 것들이 그 유구한 어제들이다. 찬란했던 어제들의 유적들이다. 오랜 역사가 쌓여서 눈부신 문화로 남아 있는 것이다. 어제들이 그대로 남아 있는 것이 참으로 부러웠다. 그대로 남아서 어제들이 오늘날 그들의 후손들에게 돈이 되고 관광자원이 되는 것이다. 대표적으로 로마와 이태리가 그렇다. 또 유럽인들은 옛것을 소중하게 아끼고 또 그 옛것들을 자랑으로 생각하고 있었다. 옛날을 아끼는 것은 그 문화 정신이 아닌가, 유럽의 거리를 지날 때 부러운 것은 그 민족의 문화 보존력이었다.

해체 문화가 글로벌 시대에 맞는 본령은 아니라는 생각이다. 서울에서 옛날을 찾아보려면 인사동 거리로 가야 한다. 그곳에는 그런대로 옛날을 볼 수 있기 때문이다. 오늘의 것이 내일의 것으로 우리 옛 문화를 이어주었으면 한다. 옛것 위에 새로운 아름다움을 더해가는 내 고국의 모습이었으면 좋겠다.

외로운 인생과 개 사랑

지인들이 모여 담소하는 자리에서 애견이 화제에 올라왔다. 평생 열심히 일하며 살아왔지만 요즈음 시대에는 남자가 개 팔자보다 못하다는 비애가 담긴 이야기들이었다.

한 지인이 얼마 전 공항에서 목격했다는 이야기를 꺼냈다. 입국 수속을 밟으려고 줄 서 있는데 옆에 여자가 메고 있는 가방 속에서 뭐가 갑자기 뛰어나와 깜짝 놀랐다고 했다. 강아지들이 얼굴을 내민 것이다. 자세히 살펴보니까 가방이 보통 가방이 아니고 가죽으로 만든 명품인데 애견용으로 특별히 디자인된 것이었다고 했다. 강아지 주인인 여자는 가방 속에서 물병 등을 꺼내 애견을 먹이는데 그 각종 기구가 최고급 물품들이었고 마치 어머니가 어린아이를 다루는 것처럼 온 정성을 다하더라는 것이다.

이 시대는 개의 천국이다. 한 집 건너마다 애견들이 인간과 가족이 되어 함께 살고 있다.

아침 공원에 나가 보면 애견들이 주인과 함께 산책도 하고 차 안에서도 의젓하게 자리도 차지하고 앉아 있다. 여행도 주인과 같이 다니기 때문에 호텔에서도 대부분 개를 받아 드린다. 심지어는 주인이 죽을 때 개에게 거액의 유산도 남긴다.

몇 년 전, 세태를 풍자한 블랙 유머로 "4번은 잘 있어라. 6번은 간다."라는 편지는, 아버지가 아들 집에서 얼마 동안 머물면서 가족들의 우선순위를 파악한 내용의 편지다. 1번은 손자, 2번은 며느리, 3번은 강아지, 4번은 아들, 5번은 가정부, 6번은 시부모인 자기였다는 것이다. 늙은 시부모는 개만도 못한 대접을 받는다는 단면의 글이다.

요즈음 시대는 개 사랑 붐이 일어나 사회적으로 여러 가지 변화가 일어나고 있다.

개를 위한 병원과 미용실은 물론이고, 의상점, 완구점, 전용마켓까지도 생기고, 잃어버린 개를 찾아주는 사립 탐정도 등장했다. 놀라운 것은 애견 강의에 주부들이 앞을 다투어 몰려든다는 사실이다. '어떻게 하면 개를 잘 기를 것인가?'를 주제로 한 강의에 2,000명의 청중이 강당을 메웠다는 뉴스를 본 적이 있다.

홍수나 태풍 경고가 있을 때 주정부가 애완동물을 긴급 피난시키는 프로그램을 마련하지 않으면 연방정부가 FEMA 지원금을 보류하는 법안이 하원에 상정되어 있을 정도다. 왜냐하면 카트리나 수재 때 4만여 마리의 애완동물이 물에 떠내려가 행방불명되었고, 어떤 노인들은 애견을 남겨놓고 피난 갈 수가 없어 당국의 명령을 어기고 개와 함께 집에 있다가 죽은 케이스도 있기 때문이다. 미국의 현행법은 보트

나 헬기로 수재민을 구출할 때 애완동물을 태우지 못하게
되어 있다.

동물보호법을 주장하는 사람들은 외로움, 증오심, 배타적
태도, 우울증 등은 애완동물을 키움으로써 치료 효과를 본
다고 한다. 펜실베이니아 대학의 아론 카처 박사는 동물을
키우는 사람들의 80%가 그 동물을 가족처럼 느끼며 동물을
통해서 이해와 애정을 받아 기쁨을 찾는다고 했다. 외로운
사람이 빈집에 돌아왔을 때 꼬리치며 반겨주는 개는 약으로
도 치료 못 하는 효과적인 심리치료라는 것이다.

왜 애견 붐이 세계 곳곳에서 일어나고 있는 것일까? 아마
도 그것은 인간 세상에서 사랑이 점점 메말라가고 독신 인
구가 늘어나고 있기 때문일 것이다. 외로운 인생의 대안으
로 애견 붐이 등장한 것이다. 개는 복종심 하나로 인간에게
사랑받는 동물이다. 그것도 보통 복종이 아니라 무조건 복
종이라는데 특색이 있다. 주인이 가난해도 한 마디 불평 없
이 졸졸 따라다니는 개의 충성심을 누가 감히 따를 수 있겠
는가 감탄할 뿐이다.

이제, 집 지키는 개의 시대는 지났다. 개의 인간 가족화
시대가 열린 것이다.

알로하

지인이 우스갯소리라며 들려준 얘기다.

한 성도가 죽어서 천국엘 갔다고 한다. 그 성도는 천국에서 이상한 광경을 보게 되었다고 한다. 많은 무리의 사람들이 발이 묶인 채 모여 있는 모습이 의아하여 이승에서 듣던 천국 모습이 아닌 것 같아 천국 관계자에게 왜 저 사람들이 저렇게 발이 묶여 있느냐고 물었다고 한다. 그랬더니 관계자 말이 저 사람들, 모두는 이승에서 하와이에 살다가 온 사람들인데 천국에 와보니 천국이나 하와이나 별다름이 없다며 다시 하와이로 돌아가겠다며 자꾸 뛰어내리려고 해서 발을 묶어 놓았다는 것이다.

사람들이 하와이를 지상의 낙원이니 아름다운 파라다이스니 하며 신비의 섬, 하와이의 아름다움을 빗대어 웃자고 하는 얘기이다. 하와이는 그만큼 아름다운 곳으로 관광명소로 또 휴양지로 세계인들이 몰려드는 곳이다.

3월 초 나는 하와이를 다녀왔다. 와이키키 해변 근처에 숙소를 정하고 그곳에서 한 주간을 지내며 설레는 마음으로 거리 구경을 하였다. 와이키키 해변은 하와이의 상징이다.

원주민 말로 '분출하는 물이라는 뜻'이라고 한다. 편안한 휴식과 활기찬 분주함이 공존하는 와이키키 해변, 젊음의 열기와 달콤한 낭만이 포말을 이는 파도에 뒤섞여 출렁거렸고, 쏟아지는 태양 아래 사람들은 옷을 벗고 누워 해바라기를 하며 인습과 타성에 갇혔던 칙칙한 영혼을 불어오는 감미로운 바람으로 말리며 자연인으로 회귀하고 있었다.

상점마다 밝고 다양한 색채의 알로하셔츠와 원피스가 넘쳐나고 관광객들은 알로하 무늬의 옷을 사서 입고 레이를 목에 걸고 거리를 활보하며 즐거워하는 행복한 모습들이었고 마주치는 사람마다 '알로하'라는 인사말을 서로 교환한다. 나 또한 머무는 일주일 내내 생소한 얼굴과 마주쳐도 원 없이 '알로하'를 연발했다. 알로하는 원주민들 사이에서는 사랑, 친절, 이별 등의 의미를 지닌 말이나 요즘은 '안녕하세요, 잘 가세요.'라는 인사말로 사용되고 있다고 한다.

강렬한 태양의 열정이 서서히 바닷물에 잠기며 어둠이 내리는 저녁이면 곳곳의 레스토랑에서는 레이를 목에 걸고 붉은 하이비스커스꽃을 머리에 꽂은 맨발의 여인들이 아름다운 선율을 타고 관능적인 몸짓으로 폴리네시아의 전통춤, 훌라춤을 출 때, 관광객들은 무아경에 빠져 식사해야 하는 일조차 잊게 한다. 밤거리에는 악사들의 '알로하 오에(aloha oe, 나의 사랑을 그대에게, 또는 안녕히 가세요)' 연주와 개인들의 멋진 퍼포먼스가 야경의 흥을 돋우어 준다. 관광객들이 하와이에 발을 디디면 그곳을 사랑하지 않을 수 없게

끔 도시 전체가 오감을 즐겁게 상승시키는 분위기였다.

짧은 일정의 여행이었으나 하와이에서 지내는 동안 자연의 위대함과 지구촌 사람들의 다양한 문화를 배우고 새로운 발견으로 기쁨을 느꼈다. 아름답고 신비한 섬, 하와이에는 낭만과 정서가 있었다. 이번 여행으로 아름다운 미지의 섬의 새로운 발견자가 되었고 오래오래 기억할 추억을 갖게 된 것이 감사하다.

오늘도 내 마음은 야자수 숲길 사이로 짙푸른 바다가 전설처럼 아름다운 하와이의 대자연으로 날갯짓하며 비상한다. 알로하(aloha)를 외치며.

칸쿤에서

다감한 나이가 아니더라도 집을 떠나는 일은 마음 설렌
다. 슈트케이스를 하나 들고 공항 로비를 걸을 때 비록 소녀
가 아니더라도 여행자의 가슴은 두근거리며 해방감이 묶여
있던 일상을 풀어 놓는다.

지난주, 나는 종교계의 어떤 행사에 참석하기 위해 칸쿤
행 비행기에 올랐고 네 시간 비행 후 칸쿤 공항에 안착했다.
입국 수속 절차를 마치고 공항청사 밖으로 나왔을 때 5월의
날씨인데도 아열대 고온 기후답게 한여름 더위를 방불케 했
다.

카리브해의 해변, 칸쿤 바닷가로 가기 위해 차로 이동을
했고 얼마 후, 마야어로 뱀을 뜻한다는 칸쿤, 긴 평행선을
그은 듯한 흰 모래사장과 에메랄드 초록빛 바다가 내 앞에
다가서며 멀리서 온 나를 맞아 주었다. 예약된 호텔 방은 막
힘없이 탁 트인 바다와 수평선과 흰 구름이 배경된 경치가
한눈에 들어오는 전망 좋은 방이었다. 나는 그곳에서 3박을
유숙하게 되었다. 머무는 동안, 하늘과 바다가 맞닿아 수평
선으로 만나는 무한 공간을 원 없이 바라볼 수가 있게 된 것

이다.

오래전, 문학 행사가 이곳에서 열렸을 때 여러 문인과 함께 칸쿤을 다녀간 적이 있었다. 그때 보았던 망망대해의 풍경은 옛 모습 그대로여서 낯설지 않았으나 가슴이 젖어오는 그때의 보고 싶은 얼굴들 그 추억의 시간에 그리움이 짙어졌다

창문을 활짝 열고 바라보는 관광휴양지의 풍경은 이글거리는 태양 아래 사람들은 자연의 일부가 되어 물살과 어울리고 도시와 정장 차림에서 탈출한 해방감을 만끽할 수 있는 완전 개방의 시간이 흐르고 있었다. 바닷바람에 머리칼을 날리면서 오래 모래사장에 서 있는 사람들, 그곳에는 낭만이 있었고, 들뜬 가슴도 있었고, 소리 높여 웃음 터지는 젊음도 있었고 영원히 젊은 정열의 바다가 있었다.

칠흑 같은 어둠이 내리면 칸쿤의 바람은 야자수 잎을 빗질하며 지나갔고 갈매기가 선회하는 밤바다는 끝없이 출렁이며 크고 작은 파도를 만들며 밀려오기도 하지만 이따금 제물에 몸부림치기도 했다. 달빛이 창으로 밀려들 때면 나는 홀린 듯 달빛을 바라다보았다. 은가루처럼 부서지고 있는 달빛, 그 달빛 아래서 거대한 바다는 생기를 얻은 듯 빛나고 있었다. 달빛은 씻은 듯 맑고 고아한 영혼을 부르는 피리 소리 같이 신비로웠다.

나는 바다의 가슴에 안겨 그 심장 소리를 들으며 우리네 인생도 파도와 모래알 같다는 사색에 잠겼다. 물결을 이루

며 해안으로 몰려드는 파도, 온 힘을 다해 모래밭 위로 달려들어 조금이라도 더 멀리 왔음의 흔적을 남기려고 한다. 어떤 파도는 성공하여 다른 파도가 이루지 못한 자취를 모래밭 위에 크게 남겨놓기도 한다. 그러나 그 흔적은 다시 다른 파도에 의해 지워지고 만다.

모래밭에 모래알들도 세월에 점점 깎여 작아진 한 알의 모래알이 된다. 더러는 햇빛에 반짝이는 금모래도 있지만 대개는 눈에 띄지 않게 묻혀서 사라지고 만다. 무엇이 우리네 인생과 다르랴.

나는 자연에서 전해오는 신비와 영감의 전율을 마냥 느낄 수만은 없었다. 내가 이곳에 온 것은 단순히 관광하러 온 것이 아니었다. 한 장소에서 그토록 많은 목회자를 볼 수 있었던 것은 난생처음으로 내 동공이 크게 열렸다. 그들이 뿜어내는 성스러운 기운이 내 혼을 흔들며 마음이 평화로워지는 은혜를 받았다.

벗을 수 없는 목회자의 아내 사모의 신을 신고 말씀의 램프를 들고 사랑의 불을 밝히기 위해 많은 인고의 날들을 기도로 내조하시는 사모님들, 그들은 장미가 아닌 산야의 풀 속에 묻혀 고독 속에 맑고 편안한 풀꽃들이었다. 짧은 시간이었지만, 삶과 인생에 대하여 서로 교감을 나눌 수 있는 사모님들을 만난 것은 나에게 큰 행운이고 행복이었기에 헤어짐의 시간도 애잔한 울림으로 나를 따라왔다. 나 또한 대중적인 인기를 모으고 있는 작가가 아닌 외진 고개에 핀 풀꽃이다. 그런데도 풀꽃의 이름을 불러준 것이 한없이 고마운 일이고 가슴 뿌듯한 일이었기에 결코 잊지 못할 추억이 될 것이다.

체류 동안, 파도 소리와 갈매기소리를 들으며 잠자리에 누우면 스르르 편안하게 잠이 들어 숙면을 취했던 행복감도 추억의 한 페이지이다.

여행은 정신이 맑아지는 샘이라고들 하고 신선한 자극이며 산 공부라고들 한다. 여행이야말로 평범한 일상에 채색 물감을 칠해서 충족감과 기분전환의 계기가 되어주는 비법이라고 할 것이다. 생명이 있어 산다는 것은 참 좋은 일이며 행복한 일이라는 것을 새삼 3일간 칸쿤을 다녀오며 느끼는 감사이다.

고향 하늘 바라보기

나이가 늘어가면서 고향을 생각하는 날이 많아진다. 그곳에는 정든 사람들이 있고 정든 자연과 거리의 풍경들이 있다. 추억이 있는 정든 땅이기에 고향을 떠나 사는 사람들의 마음 한 자락에는 언제나 고향을 그리한다. 설날이나 추석 같은 명절이 올 적마다 고향으로 가는 사람들로 수많은 인구가 대이동하며 교통체증으로 대혼잡을 이루는 관경을 볼 때, 고향은 원초적으로 사랑의 원류가 솟아나는 곳이라는 어느 시인의 시구가 떠오르며 어머니의 품속 같은 고향으로 돌아가고 싶은 향수를 느낀다.

평북 신의주, 나의 고향이다. 신의주는 신흥도시로서 일본인들이 계획적으로 만든 합리적이고 관념적인 도시였다. 세상이 모두 개방의 물결을 타고 열리고 화합하는 역사의 흐름 속에서도 아직도 38선이란 장벽이 가로막혀 아무리 두드리고 호소해도 끄떡없이 열리지 않는 비극을 안고 있는 곳이다. 어떤 교통편으로도 갈 수 없는 금지된 땅이다. 찾아가고 싶어도 내 발길이 닿을 수 없는 아득히 먼 나라이다.

나는 일곱 살까지 고향인 신의주에서 유년 시절을 보냈

다. 그 이듬해 여름, 삶의 희망이 없는 붉은 땅을 탈출하기 위해 괴나리봇짐 하나를 안은 어머니 손에 끌려 안내자의 뒤를 따라 심야의 산을 타고 38선을 넘어 월남한 실향민이다. 지금에 와 생각해 보면 그것은 실향이 아니라 나의 제1의 고향이었고 월남해서 시작한 남한의 생활은 타향살이가 아니라 제2의 고향이었다.

내가 살던 동네는 압록강이 유유히 흐르던 강 근처였는데 강이 푸르러 청수라 불렀다. 할머니는 내 손을 잡고 늘 강가에 산보를 나가시곤 했다. 할머니와 나란히 강둑에 앉아 바다보다 더 넓게 보였던 압록강 강물 위로 햇살이 물고기 비늘처럼 반짝이는 것을 바라보며 강바람을 쏘이곤 하였다. 길게 놓인 압록강 다리는 마치 긴 줄을 그은 듯이 보였는데, 할머니는 강 건너 저편 다리 끝이 만주라고 일러 주시며 압록강을 넘나들던 독립군들의 이야기며, 독립운동을 하시다 감옥에서 옥사하셨다는 할아버지의 이야기도 들려주시며 까마귀 싸우는 곳에 백로는 가지 말아야 한다는 당부의 말씀도 잊지 않으셨다.

그 시절 다 그러했듯이 내 유년의 시절도 가난하고 어려워 돈을 주고 산 장난감을 가지고 놀아 본 기억은 없다. 소꿉장난, 공기놀이, 고무줄놀이, 그네타기 등 돈 들이지 않은 놀이로 할머니는 내 동무가 되어 온종일 함께 놀아 주셨다. 예쁜 옷 대신 할머니가 손수 지어 주시는 깐따꾸라는 색동 저고리의 한복을 입으며 할머니의 무한한 사랑 속에서 성장

했다.

　어느 날의 기억 한 토막이다. 할머니가 새로 사준 고무신을 신고 집 앞에서 놀고 있었다. 엿장수 아저씨가 다가와 고무신 벗어 놓고 맨발로 저기 뛰어갔다 오면 엿을 준다고 하는 말에 새 신 벗어 놓고 뛰어갔다 와 보니 엿장수 아저씨도 새 고무신도 보이질 않아 맨발로 길에서 울고 울던 일도 있었다.

　신의주 학생사건이 있던 날, 머리가 터져 피를 흘리는 학생들이 우리 집 안으로 뛰어들며 숨겨 달라고 했을 때 할머니가 잽싸게 다다미방 지하에 학생들을 숨기고 돌아서는 순간 총을 든 순사들이 들이닥쳐 학생들이 이곳에 들어오지 않았느냐고 다그쳤다. 모른다고 완강히 잡아떼는 할머니 가슴에 총부리를 겨누며 위협하던 숨 막히던 공포의 순간도 있었다.

　월남하기 전날, 하직 인사를 드리기 위해 어머니를 따라 아버지 산소에 갔을 때 인기척이 없는 적막하고 고요한 첩첩산중에 요란한 까마귀 울음소리가 무서워 머리카락이 온통 하늘로 치솟던 일, 이 모두는 유년의 아름아름한 조각 기억들이지만 많은 세월이 지난 지금도 내 가슴에 생생히 담겨져 있다.

　일곱 살에 삼팔선을 넘은 나는 어른이 되어 다시 제2의 고향인 한국을 떠나 태평양을 건너 미국에 이민을 왔다. 불처럼 뜨겁고 억척스럽다는 이북내기 기질을 총발휘하며 고달프고 힘든 이민의 삶을 버티어 냈고, 최선의 노력으로 아메리카의 꿈을 키우며 제3의 고향을 가꾸어 가지만, 여전히 나는 미국 땅에 어색한 사람이다.

어디나 '정 붙이고 살면 고향'이란 말도 있지만. 미주알고주알 속내를 다 이야기하지 못하며 서로 겉돌기만 하는 대화를 듣고 말하며 살자니 자연 수화를 나누고 있는 벙어리 같다는 외로움과 고향에 대한 그리움을 떨쳐낼 수가 없다. 아마도 이것은 고향을 떠나 사는 사람들의 나그네 운명(?) 같은 것일 것이다.

오늘도 눈을 들어 바라보는 내 유년의 고향 하늘이 가슴 아프고 슬프다. 각자의 영역 안으로 들이지 않으려는 저 삼팔선이 무너지지 않는 한 내 발을 디딜 수 없는, 할머니와 함께 했던 압록강 변의 향수가, 내 생애에 영원한 그리움으로 남으리라.

바다에서 삶을 캐는 해녀들

　살아가면서 우리는 존재에 대한 만남 갖게 된다. 그 존재는 사물이기도 하고 사건이기도 하고 사람이기도 하다. 만남의 존재를 통해 그 존재를 알게 되고 이해하게 되고 깨달음으로 이어지며 인식전환도 하게 된다.

　한동안 나는 제주도에 머물러 지냈다. 제주도는 하늘, 땅, 바람, 바다가 공존하는 섬이며 천혜의 아름다운 경관의 섬이다. 제주도에서 체류하는 동안 나는 외지인의 시선으로 낯선 존재의 만남을 많이 만나며 신기해하기도 했고 경이롭기도 했다.

　제주시 구좌읍에 있는 해녀박물관을 관람하며 해녀들의 고난한 생활과 삶을 만난 것이다. 해녀박물관은 2016년 12월 1일, 긴 여정 끝에 제주도 해녀의 문화적 가치가 인정되어 유네스코에 등록되었다고 한다.

　해녀박물관 내부는 3개의 전시실로 나누어져 있었다. 제1전시실에는 해녀의 생활, 제2전시실에는 해녀의 일터, 제3전시실에는 해녀의 생애로 구분되어 있어 그들이 어떻게 살았는지 한눈에 모든 것을 볼 수 있었다.

제1전시실 그곳에서는 해녀의 집과 세간을 통해 1960~70년대 해녀의 살림살이와 생활 모습을 볼 수 있었다. 제주 여성의 옷, 애기구덕, 물허벅, 지세 항아리 등 고단한 해녀의 삶을 대표하는 유물들과 음식문화, 신앙 등 해녀들의 의식주 전반에 대하여 전시하고 있었다.

제2전시실에는 해녀들의 바다 일터에서 사용하는 작업도구, 물소중이, 고무옷과 제주해녀 항일운동 공동체에 관한 문서와 사진들이 전시되어 있었다.

제3 전시실에는 해녀들의 생애를 전시하고 있었다. 첫 물질부터 상군해녀가 되기까지의 모습, 출가물질, 경험담, 물질에 대한 회고 등 다양한 삶의 모습을 영상을 통해 생생하게 느낄 수 있었다.

해녀들은 변화무쌍한 일터인 바다만 바라보고 산다. 그들의 하루는 바다 날씨에 달려있다. 해녀들의 시계와 시간은 물찌와 물때라고 한다. 해산물을 채취하러 입수하는 차디찬 바닷물 속 물질, 그 물속에선 서지도 앉지도 못한다. 짧게 숨 쉬는 들숨이 위험해 목숨 걸고 오래 참는 날숨에 턱까지 참았던 숨, 물 위에 솟아 컥 하는 숨비소리는 살았다는 소리이다. 해녀들의 바다 물속 작업은 언제나 위험하기에 잠수복이 수의가 될 수도 있는 것이다. 해녀들의 물질은 목숨을 바다에 맡기는 고된 작업이나 해양문화의 개척자들이기에 죽음을 무릅쓰고 대대손손 쭉 해녀의 끈이 이어진다고 한다.

해녀들은 상군, 중군, 하군의 위계가 엄격하다고 한다. 작업할 때 서로 간에 십 미터 반경은 침범하지 않는다고 하며 액이 닥치면 신이 노한 것이라고 여겨 해녀들의 신앙은 바다의 신이어서 굿이나 무속인들에게 빈다고 한다.

해녀들은 어려운 작업 환경 속, 마치 저승에서 번 돈으로 이승에서 가족의 생계와 자녀들의 교육 뒷바라지를 책임지는 강하고 억척스런 가장들이고 아내들이고 어머니들이다.

제주 바다는 해녀의 힘찬 숨비소리가 들리는 바다다. 바다에서 삶을 캐는 해녀들은 끈질긴 생명력과 강인한 개척정신으로 제주 경제의 주역을 담당했던 제주 여성의 상징이다.

아침에 바다를 보고, 낮엔 구름을 보고, 저녁엔 바람을 보고, 밤엔 파도 소리를 듣는다는 산전수전 다 겪은 해녀 할망들의 존재를 만난 것은 해녀들에 대한 내 인식전환이었고 새로운 개안이었다.

변화된 서울의 풍경들

　서울을 방문할 때면 나는 북창동 골목에 있는 한국은행 옆 호텔에 숙소를 정하고 그곳에서 유숙한다. 근처의 남대문시장, 시청 부근, 광화문 거리는 큰 변화가 없이 옛 모습이 아직도 그대로 남아 있어 낯설지 않아 혼자서도 길을 잘 찾을 수 있어 좋다. 그리고 인근의 인사동거리, 교보문고, 명동 등을 걸어서 갈 수 있어서 편리한 곳이다.

　이 시대는 변하고 세상은 바뀌고 있다. 바꾸라는 구호처럼 서울 풍경은 몇 년 전과는 달리 많이 달라진 모습들이 인상적이었다. 우선 눈에 크게 띄는 것은 대규모의 아파트 단지와 신축건물들뿐만 아니라 도시의 건물들은 전문 상가들로 채워져 있었고 모두 체인화되어 있었다. 구역마다 아름다운 공원이 조성되어 있고, 공원에는 맑은 개울물도 흐르고 녹색 나무들로 둘러싸인 벤치에 앉아 바람소리, 물소리, 자연을 느낄 수 있게 만들어 놓았다. 멋스럽게 꾸민 쉼터에는 운동기구까지 설치되어 있어 도심을 오고 가는 시민들에게 휴식처를 제공하며 주위의 풍광의 한 컷으로 젖어 들게 꾸며 놓았다.

지금도 발전을 위한 공사작업이 계속 도시 구석구석에서 진행되고 있어 확장되는 도시의 변화를 이루고 있었다. 하지만 도시의 모든 시스템이 젊은 사람들 위주로 변하고 있다는 사실이다. 호텔 근처 식당에서 내가 겪은 해프닝이다.

　음식점에 들어가 잔치국수를 주문한다고 하니 self order 라고 하며 입구 쪽에 놓여 있는 머신을 가리키며 카드나 스마트폰 결제해야 한다고 했다. 현금은 받지 않느냐는 질문에 현금은 받지 않는다고 하는 것이다. 카드를 지참하지 않고 나왔기에 머쓱해진 나는 그냥 식당을 나올 수밖에 없었다. 음식점은 물론 마켓, 버스, 택시, 편의점, 모든 곳에서는 카드로 결제하는 시스템으로 바뀐 것이다. 몇백 원짜리 물건을 사는데도 카드를 사용하고 있었다. 지금은 재래시장을 제외하고는 거의 현찰을 사용하지 않는 도시로 바뀐 것이다.

　명동에 가면 중국인 관광객들이 들끓는다는 이야기는 들었지만 이렇게 넘쳐나는 줄은 몰랐다. 명동은 차가 없는 거리로 젊은이들이 물결을 이루며 오가는 사람들로 붐비는 거리다. 그 명동이 완전히 변해 있었다. 들은 대로 중국인 관광객들로 넘쳐나고 호객행위도 스스럼없이 중국말로 외쳐댔고 상점 안으로 들어서면 으레 '어서 오세요'라는 인사도 중국말로 했다. 그뿐 아니라 남대문시장 뒷골목 음식점들의 메뉴까지 한글과 중국어로 프린트되어 벽에 붙어 있었고 유니폼을 입은 종업원들은 간단한 중국어 회화를 하였으며 또 친절했다. 식당문화가 달라진 것이다.

내가 투숙한 호텔의 손님들은 거의 중국 관광객으로 만원사례를 이루고 있었다. 로비에서나, 커피숍에서 들려오는 것이 중국말이어서 마치 중국에 와 있는 기분을 들게 했다. 호텔은 지난해보다 수입이 늘었다고 하며 경제 불황 속에서 쓰러지지 않고 버티게 해준 일등 공신은 중국 관광객이 올려주는 매상의 덕이라고 호텔 직원은 신나고 행복한 얼굴로 말했다.

나는 대학 시절 명동 거리가 좋아 즐겨 쏘다녔기 때문에 명동은 내게 향수의 거리다. 문인, 음악가, 화가, 연극인들 모든 예술인이 몰려들던 그 시절의 명동은 낭만의 거리였다. 술집은 은성, 다방은 돌체가 문화예술인들의 아지트였다. 그들은 즐겁게 마시며 담소했다. 우리는 그들의 문학과 인생, 철학, 사랑이 들어있는 작품을 읽으며 성장했다. 그들과 함께 할 수 있었던 그 시절 명동이 늘 그립다.

언제 이렇듯 변해버린 것일까? 먹거리, 화장품, 의류, 관광객만 넘칠 뿐 낭만이라고는 찾아볼 길 없이 물건이 싸다는 이유로 호황을 누리는 새로운 관광지로 명동은 바뀌어 있었다.

인사동거리, 많은 것들이 널린 골목길이다. 인사동거리에는 현대식 건물이 들어서고는 있지만, 아직도 대부분 거리에는 고화랑, 고서점, 전통찻집, 공예, 한복점, 옛것들을 보듬고 있다. 눈길 머무는 곳마다 시간의 더께가 앉아 있고 그래도 오래된 서울의 모습을 곳곳에 보존하고 있어 발길 닿는 곳마다 예술과 낭만이 서려 있다. 돌아서면 이내 그리워지는 인사동 그 거리의 풍경은 완상의 거리다.

언제나 변화에는 긍정적인 변화와 부정적인 변화가 함께 공존한다. 내 조국의 변화에도 긍정적인 변화와 부정적인 변화가 함께 공존하고 있다는 느낌이 들었다.

서울의 도심에는 생동감이 넘치는 새로운 기운이 감도는 것을 온몸으로 느끼며 국제적인 도시로서 손색이 없이 발전한 한국이 자랑스럽고 감격스러웠다. 외국에 가는 것은 외국을 보러 가는 게 아니라 제 얼굴을 보러 간다고들 그런다. 다른 사람들이 사는 모습을 보고 있노라면 자신의 모습이 거기에 겹쳐 떠오른다는 것이다.

한편 고국에 돌아와 서울의 변화되고 발전한 풍경들을 바라보는 내 마음은 왠지 쓸쓸했다. 옛것에 대한 향수에서만은 아닌, 이미 떠나온 그래서 이제는 다시 되돌아갈 수 없는 잃은 시공에 대한 아쉬움과 '코리안아메리칸'으로 한국문화를 간직한 채 미국 땅에 뼈를 묻는 미국인으로 살아가야 하는 아픔 때문이었을 것이다.

활력을 파는 5일 장터

나는 시장 나가기를 좋아한다. 권태로운 날이거나 우울한 날이면 더욱 좋다. 인파가 가득한 시장은 생기 있는 삶의 현장이다. 그곳에는 우리 인간 세상의 모든 희로애락이 함께 숨 쉬고 있다.

어느 나라에서건 그 나라의 특색과 그 나라 사람들의 생활을 가장 뚜렷하게 직접적으로 느낄 수 있는 곳이 시장이기도 하다. 그래서인가 가장 한국다운 분위기와 체취를 느낄 수 있는 곳의 하나로 한국을 찾는 외국인들은 동대문 시장과 남대문시장을 꼽는다고 한다. 한국뿐만이 아니라 어느 곳을 가든 시장 구경이란 흥미진진한 관광거리가 된다.

제주도에서 며칠 지내는 동안, 한 주에 한 번 정기적으로 5일장이 선다는 소리를 듣고, 장터를 구경할 수 있는 운이 좋은 기회가 있었다. 장터 입구에 들어서자 옷차림이 현란한 무명가수의 신바람 나는 노래가 확성기를 타고 사방으로 울려 퍼지고 있었다.

장터 안으로 발걸음을 내딛는 순간부터 생선 냄새와 야채 냄새가 전신을 에워싸며 야릇한 생동감과 생명의 의욕이 솟구쳤다. 장터 안에는 생선, 야채, 정육, 다양한 떡들, 반찬, 과일, 기름, 옷, 신발, 가방, 과자, 제주 특산물들, 족발과 김이 오르는 순대들이 쌓여있었고, 직접 심고 공들여 키운 채소들이 흙냄새를 풍기며 할머니들의 광주리에 담겨 손님을 기다리고 있었다.

"맛봅써께, 아주 맛이쑤다, 골라 골라봅쎄, 쉬멍 쉬멍 구경합쎄."라고 호객하는 상인들의 특이한 억양의 제주 사투리, 이렇듯 정다운 사투리가 사람들의 발걸음을 멈추게 한다. 장바구니를 든 남녀노소의 손님들은 어느 가게의 물건들이 더 싱싱하고 싼가를 겨루며 장터를 한 바퀴 돈 뒤에 사고자 하는 물건들을 고르며 물건값을 깎기도 하고, 덤이라는 공짜를 더 받기도 한다. 정돈되고 깨끗한 물건들을 마음대로 골라 담아 계산대에서 계산하는 슈퍼마켓과는 다른 정취를 느끼게 하며 정을 주고 정을 사는 인간적인 분위기를 느끼게 한다.

장터 뒤에는 물건들을 싣고 온 자동차들이 줄줄이 늘어서서 창고 역할을 하며 팔리는 대로 연방 새 물건을 들고나온다. 활기차게 주어진 삶을 열심히 살고자 하는 의지의 사람들이 있는 장터에 사람들이 붐비는 것은 다만 물건을 산다는 그 이상의 것, 훈훈한 인정을 찾는 사람들의 마음 때문이 아닌가 한다.

장터의 상인들은 대를 이으며 장사를 하는지, 부부, 아버지와 아들, 어머니와 딸, 형제들이 함께 나와 물건을 팔고 있는 단란한 가족들의 모습도 보였다. 아침 9시경부터 12시까지가 제일 붐비는 시간이고 오후 대여섯 시경이면 파장이 된다고 한다.

왁자하던 아침 시장과 달리 오후 파장은 한적하여 쓸쓸한 느낌까지 든다. 저무는 저녁, 포장을 거두고 남은 물건들을 차에 옮기는 상인들의 손길이 분주하다. 다 팔지 못한 채소가 담긴 광주리를 든 허리 굽은 할머니의 은빛 머리칼이 바람에 날리는 모습은 가슴 짠한 파장의 적막을 한층 더 깊게 한다.

파장의 잔영은 좀처럼 눈앞에서 사라지지 않는다. 많은 해를 망각의 여백 속에서 묻어두었던 풍경이었기 때문이리라

숙소로 돌아와 장터에서 산 물건들을 펼쳐놓으니 왠지 즐겁고 마음이 포근해진다. 성실히 살아가는 사람들 대열에 끼여 하루를 보낸 즐거움이 행복감을 안겨 준다. 내가 가본 5일 장터, 그곳은 활력을 파는 곳이며 인생을 파는 곳이었다.

제주, 오설록 티 뮤지엄

답답한 도시의 삶으로부터 일탈을 꿈꾸는, 휴양지를 넘어 올레길 걷기에 이은 제주이민의 열풍으로 다른 삶을 꿈꾸는 사람들의 이상향으로 자리 잡은 제주, 개발의 바람을 타는 제주는 갈 때마다 새로운 매력을 본다.

제주에서 가장 주목할 만한 변화 중, 하나는 인구 증가와 뮤지엄 짓기 열풍이 불기 시작해 뮤지엄들이 많이 들어서고 있다는 점이다. 한때 문화 예술의 불모지이자 변방이었던 제주, 이제는 예술을 품은 보물섬으로 재조명해도 좋으리만큼 예술계의 주목을 받고 있으며, 많은 예술인을 향해 손짓하고 있다. 많은 미술관과 박물관 기념관들뿐만 아니라 예술인 마을도 있다.

이제 제주의 자연은 예술가들을 거듭나게 하는 원천이다. 한때 유배의 섬이었던 제주에서 세한도를 완성한 추사 김정희를 비롯해 한국전쟁 때 서귀포에서 왕성한 작품 활동을 했던 이중섭 등 그들을 기념하는 뮤지엄들도 있는데 그곳에는 절해고도에서 꽃피운 대가들의 예술혼이 깃들어 있다.

내가 제주에서 즐겨 찾는 곳은, 내가 머무는 동네 근교에 자리한 오설록 티 뮤지엄이다. 국내 최대 규모의 녹차 박물관인 오설록 티 뮤지엄을 2001년에 세웠다고 한다. '오설록'은 '설록차의 기원'이란 뜻을 담고 있는 이름이라고 한다. 전통차 문화를 계승하고 또 보급하며 차의 역사와 문화를 체험할 수 있게끔 만들어져 있다.

내부 전시실에서는 다도를 경험할 수 있고 차 문화실과 전시된 세계의 아름다운 찻잔들을 구경할 수 있다. 3층 옥상 전망대에 오르면 넓은 녹색 물결이 한눈에 들어와 숨통이 트이면서 이곳에 온 보람을 느낄 수 있다. 국내 관광객은 물론이고 외국인들뿐만 아니라 차 문화의 종주국인 중국 여행객들까지 붐빌 정도로 제주 대표 관광지가 되어 제주에서 가장 많은 인파가 붐비는 곳 중에 하나이다.

차는 사람을 차분하게 가라앉히고 정신을 맑게 하고 명상으로 이끄는 힘이 있다. 차를 마시는 시간이라는 것은 차만 마시는 시간이 아니고 한 잔의 차에 들어 있는 자연의 본체에 대한 정신수양의 시간, 다시 말해서 자기 응시적인 성찰로 영혼이 호흡하는 시간인 것이다.

다산 정약용은 귀양 오기 전, 이미 차에 대한 식견이 높아 백련사 승려들에게도 차를 만드는 법을 가르쳐 주었다고 한다. 다산은 자신이 기거했던 집을 '다산초당'이라고 이름을 붙이고 이곳에서 차를 자급자족하며 즐겨 마셨다고 한다. 그가 주옥같은 명저 〈목민심서〉〈경세유포〉 외 등등을 남길 수 있었던 것은 차와 함께 심신을 다스리며 건강을 유지

할 수 있었기 때문이라고 한다. 또한 추사 김정희도 빼놓을 수 없이 차에 대한 조예가 깊었고 제주도 유배 시에도 차 애호증을 끊을 수 없었다고 한다.

오설록 티 뮤지엄을 통해 우리는 차라는 순수자연 식물을 마시는 일상 속에서 여유를 찾는 느림의 철학을 통해 몸과 마음을 치유해 온 선조들의 지혜를 다시 엿보게 되는 이곳에서 나는 한나절의 시간을 보내다 돌아가곤 한다.

내 인생의 배낭을 다시 싸며

벌써, 8월 중순이다. 이 해도 절반 이상이 지나간 시점에 시간을 실은 세월이란 열차는 자꾸 달려만 간다. 누구도 달려가는 그 기차를 막을 재간이 없기에 달려가는 세월이란 기차에 실려 갈 뿐이다.

나이는 숫자에 불과하다고 흔히 말들은 하나 그 나이는 살아온 지난 세월과 살아갈 세월을 생각하게 한다. 아름다운 기억이야 그 자체로 빛나는 것이지만 잊어버리고 싶은 기억들 역시 되살려야 할 가치가 충분하다.

나는 글 쓰는 일과 글쓰기를 어려워하는 이들을 문학세계로 이끄는 글쓰기를 가르치는 일에 날개를 달고 긴 세월을 날아왔으나 그 열매는 적었기에 글을 가르치는 일, 한쪽 날개를 접게 되니 어쩌면 날지 못하는 한 마리 새이거나 색 바래가는 초상화일지도 모른다.

사람은 예외 없이 삶의 어느 길목에선가 자신의 인생 배낭을 다시 꾸려야 할 때가 있다. 자의냐, 타의냐를 따질 필요가 없다. 상황이 불가피하니 어쩌니 하며 구구한 얘기를 덧붙일 필요가 없다. 그냥 그것이 인생이다.

털어야 할 대목에서 털어 내지 못하면 우리네 인생은 온갖 잡동사니 미련이거나 회한·미움·배신·불신·오해·질투·불평·후회들로 가득 차버린다. 인생길이 힘겨운 이유는 이러한 잡동사니들을 버리지 않고 배낭에 꾸역꾸역 꾸겨 넣은 채 메고 가기 때문이다. 떨어내고 비워내야 한다. 잡동사니로 가득 찬 인생 배낭을 털고 다시 간편하게 싸야 하는 것이다. 어제는 내 생활의 군더더기를 덜어내야 한다. 사람의 멋, 삶의 멋은 소유에서 오는 것이 아니고 비움에서 오기 때문이다.

내 문학의 탯줄인 글쓰기를 위해 종이와 펜 한 자루를 넣고, 생을 축복되게 하는 그리움도 넣고 회피할 수 없는 운명 같은 짐도 담아 간편해진 배낭을 어깨에 메고 자연을 벗 삼아 살고 싶다.

이제, 나는 미지의 여행길을 떠날 채비를 하며 간소하고 가벼운 배낭을 만들려고 한다. 연분홍 치마가 휘날리던 봄날은 갔지만 그래도 해는 또다시 떠오를 것이기 때문이다.

작가 연보

1941년 평북 신의주에서 아버지 김도식 씨와 어머니 김무
        자 씨의 무남독녀로 출생
1942년 부친 김도식 씨 사망
1948년 모친과 함께 월남
1949년 서울 남산초등학교에 입학했으나, 1950년에 일어
        난 6·25사변으로 대구로 피난, 피난 중 대구 수
        창초등학교에 진학했고 그 후 마산으로 이사를 하
        여 마산 월포초등학교 졸업
1956년 마산여자중학교에 입학, 1년 재학 후 서울 환도로
        서울 상경
1957년 서울 상명여중 전학 후, 동 여중 졸업
1960년 서울 상명여고 졸업(여고 시절 문예반 활동), 중
        앙대학교 문리과대학 영문과 입학
1964년 중앙대학교 문리과대학 영문과 졸업
1966년 방송엔지니어 김용남 씨와 결혼
1966년 장녀 출생
1969년 차녀 출생

1970년   삼녀 출생

1974년   미 캘리포니아주 LA로 이민, Hughes Aircraft
          회사 입사(현 Boeing 항공사)

1980년   토렌스 지역 레돈도비치 근교에 내 집 장만

1989년   미주 〈크리스찬문학〉으로 수필 등단

1990년   서울 〈창조문학〉으로 수필 등단

1991년   ICCD (미국) 상담학교 상담학 수료

1992년   3월, 전화상담실 개설

1999년   재미수필문학가 창립 멤버, 재미수필문학가협회
          초대회장

2000년   국제펜 한국본부 회원 가입
          미국 우리방송에서 '수필로 듣는 삶의 이야기' 프
          로그램 진행
          첫수필집 ≪기다림으로 접은 세월≫ 출간, 순수문
          학상 수상(수필 부문)

2003년   재미수필문학가협회 이사장 취임
          제2수필집 ≪바람 속을 걷는 인생≫ 출간
          제1회 한국수필 해외문학상 수상. 재미수필문학
          가협회 공로상 수상

2004년   부군 김용남 사망

2005년   미주펜문학상 수상

2006년   Boeng 항공사 퇴임(32년 근속)
          소월문학상 수상

2007년　제3수필집 ≪건너집의 불빛≫ 출간

　　　　수필교실 개설, LA수향문학회 지도강사, 미주크
　　　　리스찬문인협회 회장, (사)한국수필가협회 해외
　　　　심포지엄 초청강사

2011년　제4수필집 ≪사람과 사람 사이≫ 출간

　　　　제1회 조경희해외문학상, 중앙대문학상 수상

2013년　국제펜 한국본부 미주지역위원회 회장

2015년　제5수필집 ≪초록편지≫ 출간

　　　　국제펜 해외작가상 수상

　　　　제1회 세계한글작가대회 초청발표자(미국) 참가

　　　　미주 중앙일보 신춘문예 심사위원 위촉

2016년　국제펜 한국본부 미주지역위원회 자문위원, 제2
　　　　회 세계한글작가 대회 초청발표자 참가

2017년　제6수필집 ≪세월 그 노을에서≫ 출간

　　　　제3회 세계한글작가대회 초청 발표자 참가

　　　　국제펜 한국본부 공로상 수상

2018년　제4회 세계한글작가대회 초청 발표자 참가

2019년　제5회 세계한글작가대회 초청 발표자 참가

　　　　LA 수필의 향기, 문학카페 카페지기

2000년　제6회 세계한글작가대회 영상으로 발표자 참가